美詩集

Harumi

Shichosha
現代詩文庫
196

Gendaishi
Bunko

思潮社

現代詩文庫 196 川口晴美・目次

装幀・芦澤泰偉

詩篇

詩集〈水姫〉から

草々の寝台

新しい木の寝台が窓際に運びこまれる
流れていく水の線が木目になって刻まれていて
風が吹くと　少しずつ少しずつ　並びは変化する
横たわり　耳をつけると
木の中を流れる水音が
部屋に満ちるのがわかる
きしむ窓を開けると　狭い路地の向こう墓地が見え
草をむしる女のかがみこんだ背中が
ゆるゆると崩れそうに動いている
背中の服のしわに
落下する葉がひっかかり
ひっかかり　積もり
やがて葉の緑が女を埋ずめてしまうまで
草をむしる女の手の爪は
土に
ひとの体を分解し吸いつくした土に
汚れ続ける
ゆっくりと翻る黄ばんだカーテンの白が
寝台の木目を撫でてゆく
横たわるわたしの形の影が
すでに印されている寝台の木目を。

マットレスと寝台の間にひとつの種子が生みつけられる
目を閉じマットレスに横たわるわたしの背中が
こりこりとした水々しい種子のかたさを感じ
閉ざされた夜の底に沈みながら
それが痛みへと集まるまで
眠りは訪れない
あくことなく　同じ夢ばかりを見せられるのだ
　その街ではすべての坂道は海へと向かう
白く汚れた石の壁と壁のあいだ
延々と続く坂道を降りてゆくわたしの背後に
いつのまにか海が広がり始める

向かっていたはずがおいつめられ
波がわたしの背中をくすぐりながら押すのだけれど
それは水ではなく
緑色の草々のきりもない群れなのだ
灯りのない部屋の中では寝台はぼうっとした白に浮かびあがり
穏やかな夜の色に緩慢に染められてゆく

生きているおとこの腕がわたしの体を寝台に押さえつけ
性行為を強いられる気楽さに
すべての筋肉はゆるむ
気ままな動きに揺さぶられ
寝台の木目はわたしの汗だけを染み込ませ
種子はひそかに発芽の準備を重ねる
夜半のマットレスの下で　転がり息を吐き
やがて　ぷつ　と音をたてて
柔らかな芽がうねる気配
坂を転がり落ちるように急速に伸びて

性行為のさなか　逆立つわたしの髪に
くねくねとよく曲がる細い茎が
まきついてくる
またたくまに白から色濃い緑に染まり
髪をからめとり　首に腕にからまる冷たい茎が
生きているおとこをわたしの上から排除　し
わたし一人を抱きこむように
寝台はふるえながら
闇は次々と葉を開かせる

そしてわたしは草々の寝台につながれる
肌で揺れる葉のくすぐったさ
時折　ホ・フ・ク・ゼ・ン・シ・ン　を
試みても
草々はざわわと笑いながら
ゆるやかにわたしを縛り　離すことはない
蔓にまきつかれた机や椅子や化粧台は
ぼろぼろに腐り乾き
表情もなく　かろうじて輪郭を保っている

部屋中にはびこった　みどり　は
すでにわたしの肉にも入りこんでいる
(まるで動物がそうするようにわたしの生殖器の内にす
　べりこみ
ももいろに光る内壁をさやさやと撫でてあげて　種子を
　種子を生みつけたのだ)
刻々　肌から色素が抜けおち奪われる
草々の吐く酸素の濃さにむせかえりながら
わたしは　こらえてもこらえてもあふれでてくる
みどりいろの衝動　に
震え　終日を眠ってすごす
寝台の内部を流れる水音は次第に勢いを増し
眠るわたしの耳になだれこんでくる
すきまからふきこむ雨に濡れてマットレスはぶよぶよに
　なり
糸と糸の間をつなぐようにして
草々はますます繁殖する
少しずつ　少しずつ　視界が広がる

(眼球は乾いて動かないのに)
百二十度から百四十度　そして百八十度を越え
二百七十度に近づいてゆく
　ああ
　それは　とても
　きー　もー　ちー　いー　いー
　ことなのだ
　と
三百六十度の朝　わかる　わかってしまう
するとふいに　内側から皮膚を割って
わたしの植物が生まれ　育ち始める
青く透きとおる血管の中を
ころころと可愛らしく転がっていく葉緑素たちは
ひとしく先端へと向かう
　もはや地下道は歩けない
　地中にひしめく崩れたひとびとの肉体とちぎれた
　　草々の根　の
　声・声・声・声・・・・・・が
わたしを押しつぶすだろうから

蔓の伸びてゆく先端
宿るわたしのきもち　が
古い塀の凹凸をなぞり
青い塗料のはげかけるフェンスの間をくぐりぬけ
アスファルトに溜まった水の波紋をたどり
歩くひとの体温に共鳴を繰り返しながら
わたしの植物は
冷やりとした大気の流れにのって
伸びる伸びる伸びる伸びる

こい　する　あさ

わたしの手を眺めて
昨夜より爪が伸びている　と
言う　おとこの　柔らかなひげ　も
伸びている
眠らなかった昨夜は
はっきりと今朝の陽射しにつながっている　のに

いつのまに
伸びたのか　爪
カーテン越しに陽に向かって。
背中を傷つけた　この爪も
もうすぐ　爪切りできれいに切られて
捨てられてしまう
なんて　すごい　いのち
おとこは　もう
ひげを剃りはじめているから
わたしは背後から
昨夜の影を背負わせる
切り離された爪は
三日月形のきのうの眠りを　むさぼり続けている
ひきはがされた他人の皮膚は
甘くないのに

（『水姫』一九八五年書肆山田刊）

詩集〈綺羅のバランス〉から

氷室

欠け落ちてゆく高音の階段
細かく尖る　残骸が
凍って
ちらちら　中空を浮遊している
洪水の
音を内部に閉じ込めたまま
(屋上には誰もいない)
(誰も)
夜の速度で
満ち溢れ　押し寄せた
水流が
今は消えて
水位ゼロ
濡れたアスファルト道路が
ひっそり　寝返りをうった
夜明けまぢかの自動昇降機は
うすく透けてゆく
ふるえる最上階に降り立つと
非常灯がほのあかるく床に照り返す
洪水のひいたあとの廊下
素足が冷えて
窓硝子の向こうから
建設途中のビル群が
幾重にも重ねられた影を　投げかけ
光る　クレーンが
崩れてゆくビルの向こうで
水滴をしたたらせながら
まっすぐに伸びあがる

青はひび割れた
眠れない　洪水の
午前4時
ひとびとはそれぞれの扉を外し

濁った水に浮かべて
ここまで流されてきたのだから
くらい　廊下の角ごとに
湿った扉にしがみついたまま
水草のように髪を散らばらせて
眠っている　のは
カンペキにＣＯＰＹされた　わたしの　妹たちだ
同じかたちの瞼の下を
（きっと）流れている
それぞれの　夢の洪水を　揺り起こさないように
すべる廊下　すり抜けても
（もうない）階段を
見つけることができない
染みのある壁
等間隔に切り取られた　四角い窓枠の外
水流に突き立つ
いくつかの
赤いクレーンのなかから
（わたしが）吊り下げられるはずのクレーンを
選びたい
ゆるむうなじの皮膚をつまんで
（青い　破裂型のあざにあてはめ）
クレーンの　鉤にひっかかり
冷たい
金属のユメミル
重力の空に投げ上げられて
〈発生する〉階段に届きたい

その階段は
わたしの夢を見ている

ラングーン・パラダイス

ラングーン
草が鳴る
卵は目覚め　わたしは眠る
右まわりで

寝返りはうたない
寝台の領分はゆっくりと気化し
夢の分水嶺
細い水路の向こう側で
卵が振り返る
卵をかかえるわたしのカタチ
わたしをあたためる卵のカタチ
揺れる草がラングーンを鳴らし
成長する一本の足で立つ寝台の上へ届くと
卵とわたしとは
夜が壊れる予感を共有する
ためらいがちに／先を争って
水際に手をかけると
わたしの柔らかい肉・タンパク質が
卵の堅さに浸みこんでゆく
卵とわたしの共棲生活は
養分の濃い水に満ちた薄い皮膜の内側で
六月に始まった

あらかじめ刷りこまれていた（桃色の）
卵とわたしの約束の
〝アスパラガスを飼うんだ〟
スコールを待って
半透明の皮膜のこちら側からあちら側へと
卵とわたし　息をつめ見つめる
呼気にけむり皮膜はぶるぶるふるえる
ラングーンに降る雨は円錐形
こわれたブラウン管逆さにして集める
細かくくだいて
アスパラガスのエサにするため
一ダースのアスパラガス
製氷皿にひとつずつ植えて
スリードア冷蔵庫で飼う
日が沈んだら窓辺に出して夜気浴もかかさない
卵はすぐ忘れ
霜にくもる冷凍室の中で
二本のアスパラガスが死んでしまったから
わたしは三日を泣き暮らし

四日めの朝　卵とわたしは塩茹でアスパラガスを食す
白い皿に
ラングーン・ローカル・ニュースが印刷されて
卵とわたしはアスパラガスのお葬式の広告を出す
卵と同じ角度でうつむいて
皿の中のラングーン文字をたどる
読み終わってお湯をそそぐと　文字は溶け
ラングーン・ティ　酸っぱい
卵が小さくくしゃみした

垂直の陽盛りに
ラングーン・カフェへ行く
卵と並んで
プチ・ランチ・テーブルにソーダ水をください
あふ…　お湯に浸って眠りたい
ゆがみゆらぐ床板に　椅子たちは生えて
客・客は順番に椅子の上に片足立ち
爪先でくるくる回りながら
床板の隙間を通り

沸騰する河へ吸い込まれてゆく
黄ばんだテーブルクロスのしわが痛い（骨！）
ブラインドにたまっていた砂が卵にまぶされる
卵
汗をかいて
わたし　伸びる生毛に息をこらえる

休息日に市場を横切ると
やわらかく腐っていく果実たちの原色が翻りちぎれる
めまいのニオイ　して
細かい黒羽虫が飛びかう道をたどって
模造彫刻を見にゆく
卵のひびだって美しい　って
こっそり思って振り返ると
殻が透けて
なかのかたちがぼんやりわかる
わたしの知らない　卵のカタチ
模造彫刻に日が落ちる
ラングーン

卵とわたしのアイの生活
夜が鳴り響く
わたしの皮膚を焦げつかせるように

（『綺羅のバランス』一九八九年書肆山田刊）

詩集〈デルタ〉から

IRIS

夜の部屋を燃やすために
鳥子は短いマッチをすった
暗いホールで　指が焦げる匂いがして
鳥子の瞳の虹彩がうすく開いてゆく（きれい）
わたしは　そこだけ明るい鳥子の瞳へ駆け寄った
鳥子　夜はまだ硬いのだから
もっと火を摘み集め
高くもつれる虹を焚こう
茶色く指を焦がして
まずひとさし指　それから二十本の指を
すべて茶色く焦がして
（チョークのようにぼろぼろ崩れる）
鳥子の瞳の虹彩がうすく開いて
眩しい階段が見えてくるから

虹を裂き　たった一度垂直に裂き
すりぬける
向こう側へ

廃油の匂いがする　すでにそこは海だ
（鳥子？）
白く照り返す石段を降りて
乾いた砂を踏むと　皮膚が焼けつく
扉だけになった脱衣所が海岸線に傾き
蛇口ごと空中にねじれる水道管が
ちりちり　燃えている
誰もいない　ここには誰も
（眠っているの？　鳥子）
生臭い風に髪がきしむ
油混じりの波が音もなく打ち寄せて
虹色にぎらつく波打際に
ビーチサンダルが捨てられ
ぬるぬるの海草がからみついている
（名前は　消えてしまって
もう　わからない）
のどがかわく
あつい眼球がひび割れて
ひといろずつ　虹が剝がれそうだ
スーパーマーケットのビニール袋が
魚のように集まって揺れている
空とおなじ白い色
骨とおなじ白い色で
（ここが鳥子の生まれた場所ね
それとも鳥子が死んだ場所？）
サイダー瓶のかけらを踏んで
にじむ血が発火した
薄い空が
歪む海が
いっせいに傾いで　なだれ落ちてくる
真昼よりも高く　燃やし尽くされるために
（鳥子が叫んでいる
あの暗いホールで　わたしを呼んで？）

崩れる夜の部屋のなか
眠る鳥子の瞳に闇が燃えあがるから
わたしは虹を折って炎にくべる
鳥子が目覚める朝がくるまで

無力の夏

コップは割れて鳥子の喉に流れ込むはずだったアプリコットジュースが床にこぼれてしまう　《モウ一度ヤリ直サナクチャ》　振り向きざま鳥子に手渡そうとしたコップは割れて鳥子の喉に流れ込むはずだったアプリコットジュースが床にこぼれてしまう　《モウ一度ヤリ直サナクチャ》　なみなみと注いだアプリコットジュースの冷たさが硝子越しに指を凍えさせるから振り向きざま鳥子に手渡そうとしたコップは割れて鳥子の喉に流れ込むはずだったアプリコットジュースが床にこぼれてしまう《モウ一度ヤリ直サナクチャ》　美しく透んだ氷を選んでいくつも入れなみなみと注いだアプリコットジュースの冷たさが硝子越しに指を凍えさせるから振り向きざま鳥子に手渡そうとしたコップは割れて鳥子の喉に流れ込むはずだったアプリコットジュースが床にこぼれてしまう　《モウ一度ヤリ直サナクチャ》　開け放したままの冷蔵庫から漏れる淡いオレンジ色の光を浴びながら美しく透んだ氷を選んでいくつも入れなみなみと注いだアプリコットジュースの冷たさが硝子越しに指を凍えさせるから振り向きざま鳥子に手渡そうとしたコップは割れて鳥子の喉に流れ込むはずだったアプリコットジュースが床にこぼれてしまう　《モウ一度……

修復　できない
幾度繰り返しても（いいえ　たったいちどだけ）コップ
　が割れて
飛び散る無数の硝子片がマーブルの床に突き刺さる

「リピート・プレイをぬけだすには」
遠くから鳥子の声が聞こえる
そう　リピート・プレイをぬけだすには　わたしはそれ

が知りたいの
教えて　鳥子
「リピート・プレイをぬけだすには」
アプリコットジュースの洪水に押し流されてゆく鳥子の
　声がゆらゆら揺れる
「リピート・プレイをぬけだすには　すばやく時間を飛
　び移ること
ターンテーブルはまわり続けているのだから
擦過音を解く針のようにすばやく
絶望が長く引き伸ばされるような落下に耐えて
死んだばかりの魚時間
非ユークリッド幾何学における球面三角形の声時間
それから　アフリカ時間」
《飛ビ移ル》！
アプリコットジュースがわたしの血を滲ませて　マーブ
ルの床をゆっくりと流れてゆく　鳥子に手渡そうとした
コップは割れ　飛び散った硝子の破片がわたしの指を傷
つけていた　氷のかけらをいくつも入れてからなみなみ
と注いだアプリコットジュースが　急速に冷えてわたし
の指をしびれさせたのだ　アプリコットジュースを注ぎ
入れたとき　氷たちは触れ合って　ピシ、ピシ、と音が
したから　わたしはわざとゆっくり長々とジュースの瓶
を傾けた　開け放したままの冷蔵庫から淡いオレンジ色
の光が漏れてコップの中のアプリコットジュースの中の
氷のひとつひとつに影ができるのをぼんやり数えた　冷
蔵庫を開けてその瓶を見つけた瞬間　アプリコットジュ
ースに決めたのだった　かすかな電気音をたてている冷
蔵庫の中にアプリコットジュースが冷やされていること
などすっかり忘れていたのに　床に転がっていた硝子の
コップを拾い上げたときは　ただ喉が乾いたということ
ばかり思いつめていたのだ
喉が乾いた、と。落雷のように激しく、喉が、乾いた、
と……
喉が　乾いたのは　《誰》

アプリコットジュースが広がる床に浮き島のように光る
　硝子片を跳び渡って
鳥子が　駆け寄ってくる
素足から流れ出した鳥子の血が　アプリコットジュース
　に混じって
わたしと鳥子のマーブル模様を描いてる

（『デルタ』一九九一年思潮社刊）

詩集〈液晶区〉から

リゾート

籐椅子は壊れかけていた。彼女はそのホテルの部屋で、湖に面したベランダへの硝子戸を開け放ち、水の上を渡ってくる風に晒されたまま眠りかけている。わたしはまだそこに、彼女の隣の椅子には、いない。季節はずれの嵐のせいでわたしが乗るはずだったその島へ向かう飛行機はいつまでも飛び立たず、『遅れて行くわ』というわたしからのメッセージをホテルのフロントで受け取った彼女は、一読したきりそれを引き出しの中にしまい込んで忘れてしまっている。鈍い金色に輝く引き出しの把手の冷やりとした感触も、忘れてしまっている。彼女はぼんやり湖を見ている。さっき足を組みかえたとき、ささくれだった籐の先端が彼女の膝の裏側に引っ掻き傷をつくったが、赤く盛りあがった一条の血は流れもせず、もう乾いてあわくかさぶたがはっている。

夕暮れになるときまって降る弱々しい雨が湖の水面にはかない模様を描いては消し、消してはまた描いている。彼女の眼球の表面がそれを映してゆらゆらと揺れ、彼女は眠りの入口で、水紋を木肌の模様に置き換える。――それは椿の木だ。夢の中で、彼女は急な坂道を上っている。坂を上りつめた角、塀の向こうの古い医院の庭から高く伸び上がった椿の大木。彼女はその木肌を眺めながら坂道を上ってくる。医院の暗い迷路のような内部、病室の一つにはわたしがいて、寝台に横たわったまま、わたしは窓のところに置いておいた大きな水薬の壜を坂道へと落とす。壜は彼女の目の前に落ちて割れ、飛び散る硝子の破片と水薬の飛沫が彼女の爪先まで届く――。ふいに視界が揺らいで、彼女は浅い眠りから覚める。勝手に部屋に入ってきたホテルのメイドが、彼女の前の硝子戸を閉めたところだ。いつのまにか雨は部屋まで降り込んで、彼女の裸足の爪先を濡らしていたのだ。冷えた身体を起こすと籐椅子がぎいと音をたてる。浅黒い顔のメイドが振り向いて、湖の方を指さしながら低い声で彼女に何か話しかける。彼女にはこの島の言葉がわからない。わたしが到着するまで、彼女は誰とも話すことができないのだ。メイドが『あまり湖を見つめすぎるのはよくない』と言ったことも彼女には伝わらず、そのあとメイドがたどたどしく発音した『possess』という言葉も、彼女は聞きのがしてしまう。

彼女は火山のことだけを考えている。この島の火山に登り、噴火口を見に行く。そのために彼女はここへ来たのだから。湖の向こう側にある火山は、その部屋からは見えない。火山への道筋も言葉も知らない彼女は、わたしを待って、誰とも口をきかずホテルから一歩も出ず、眠ってばかりいる。そして噴火口の夢を見ようとする。空腹なまま浴槽の熱い湯に浸ってまどろむ彼女の内に、湖のにおいとホテルの配水管を水が流れ落ちる音が混じり合ってしみ込んでゆく。――彼女の夢の水辺では、誰かが背中をまるめてしゃがみこみ湿った土を掘り返している。夏服の薄い布地を通してポツポツと背骨が浮きあがっていて、それが絶えずもぞもぞ動く。彼女はその後ろ姿をわたしだと思い、何を探しているのか、火山に行くために必要な何かを落としてしまったのかと聞こうとして近づく。けれどもそれはわたしじゃない。わたしの名を呼んでも、そのひとは振り返ったりしない——。目覚めてから彼女は、夢の中で呼んだわたしの名を思い出そうとする。どうしてもそれが違っているような気がしてならない。浴室の鏡の前に、メイドの飾ったランの花が湯気に濡れて咲いている。

この島の人々の強い体臭は彼女に軽い頭痛をおこさせる。独特の香料入りのパンにも慣れることができない彼女は、いつもほんの少ししか食べられず、はやくうがいをしたくなってホテルのレストランを出てしまう。エレベーターホールで、誰にも話しかけられないように彼女は下を向いている。エレベーターはなかなか来ない。知らない男が来て彼女の横に並んでも、うつむいたままの彼女が見るのはよく手入れされた男の靴だけ。男は彼女の横顔をじろじろ見ているのかもしれない。彼女は男が喫っている煙草のにおいを嗅ぐ。やっと来たエレベーターのドアに向かおうとした男は、ふいに立ち止まって火のついた煙草を彼女の腕にジュッと押し付ける。鋭い痛みに彼女は短い悲鳴をあげ、後退りながら男の顔を見上げると、男は自分のやったことにひどく驚いている様子だ。火の消えた煙草を指にはさんだままゆっくりとエレベーターに乗り、ドアが閉まるまで彼女の顔を見つめている。彼女も、目と目の間が奇妙に歪んだその男の顔を見つめる。皮膚の焦げるにおいが男の煙草のにおいに混じってエレベーターホールに漂い、男の乗ったエレベーターのドアが閉まった瞬間、彼女は食べたばかりの香料入りのパンを吐いてしまう。エレベーターホールの絨毯の巨大な花が彼女の吐瀉物で汚される。彼女は非常階段を駆け上って部屋に戻ると、うがいもせずに寝台に倒れ込む。

——彼女の夢の中で、夜、わたしは到着する。眠っている彼女を揺り起こし、着いたわ、と告げる。たったいま湖から上がってきたかのようにわたしの全身は何故か濡れそぼっていて、彼女の頰や夜着にぽたぽたと水滴が落ちる。遅かったわ、はやく火山へ行きたい、と彼女は言い、ええ、すぐに行きましょう、とわたしは答える。今から？　このまま？　ええ、このまま、今から。そして彼女はわたしにいざなわれて外に出る。誰もいない夜の道を、裸足で下草を踏んで彼女は歩く。夜着の裾が白く翻り、わたしたちはラン園を抜けてゆく。夥しいランの花が吊り下げられた状態で栽培されていて、醜くねじれながら中空に伸びている根の間をくぐり抜けてゆく間に彼女の肌には無数の細い傷がつく。待って、こんなに暗くて道がわかるの、わたしたちは噴火口に落ちてしまうわ、彼女がわたしの背中に向かって言う。わたしは振り向いて彼女の夜着をはだけさせ、大丈夫よ、ほらこれが地図、と言いながら彼女の肌についた傷跡を指先でなぞる。わたしの指の下、彼女の滑らかな肌に湖のかたちが浮かびあがり、わたしの指は彼女の腕の火傷の跡を探り当てる。ほら、ここが噴火口。彼女は短い悲鳴をあげて後退ろうとするが、いつのまにかランの根が腕にも足にもからみついていて動くことができない。彼女の身体は中空に持ち上げられ、花のように吊り下げられる。わたしの姿が闇に消え始め、彼女は叫ぼうとしてわたしの名前を思い出せないことに気付く。彼女の花が咲く。その花弁は火だ。ラン園が燃え広がり、その縁に立ってわたしは、ほら、ここが噴火口、と繰り返し彼女にささやいている——。

朝、ホテルのその部屋に、わたしはまだ到着していない。湖の向こうの火山は見えない。開け放たれたベランダから入ってきた小蠅が、ひとしきり浴室のランのまわりを飛んだあと、寝台で眠り続ける彼女の上をぐるぐると巡り始める。

水棲

水槽の底に発生したあたしを最初に見つけたのは、清掃係の男だ。地下の薄暗い実験室の中でいちばん大きく、いちばん汚れた水槽。そのへりに架けた梯子の上で、引きあげた投網の中に水死体を発見してしまったときの漁師のように、男はひいっと悲鳴をあげた。なんて滑稽なんだろう。空気が漏れる音に似た無様な声だった。あやうく梯子から滑り落ちそうになって、男はもう一度ひっと叫び、それから喉の奥でごろごろと悲鳴を震わせながら梯子を降り、部屋から逃げ出していった。

あたしはもうすっかり目覚めていた。実験室に置かれた他のいくつもの水槽はどれもみなひっそりと静まり返っていて、あたしはたったひとりだった。あたしが身動きするとねっとり淀んだ水がたぷたぷ揺れて水槽のへりを越え、床にこぼれた。床には男が放り出していった柄の長いブラシや洗浄剤のボトルが散らばっている。

しばらくして男は、いったいどこから捜し出して来たのか、巨大魚のエサ運搬用の大バケツ（巨大魚はとっくの昔に死に絶えてしまったのだから、それはずいぶん長い間使われていなかったはずだ）を持って戻ってきた。男は水槽の水を抜き、なるべくあたしを見ないようにしながら虫取り網に似た用具を器用に操ってあたしをバケツに移し入れた。バケツにこびりついていた甘酸っぱい腐敗臭があたしのにおいと混じり合う。そしてバケツごと、あたしはあなたのところへ運ばれて行った。階段のあちこちに、一階の狭い廊下のあちこちに、あたしは揺れてこぼれる。男はそのたびにぶつぶつと、あとで拭いとかなきゃとか何とか言ったが、そんなこと忘れてしまうに決まってる。地下室の水槽からあなたのところまで、点々とあたしの跡はくっきり染みつくだろう。

あなたの実験準備室にあなたはいた。薄汚れた白衣を着て。薬品のために茶色くなった指で。きつい西日を浴びて。猫背で。お茶のための湯を沸かそうと小さな鍋を持ったまま、だらしなく唇を開いてあなたは振り返る。あたしにはすぐにそれがあなただとわかった。あなたはあたしの水槽にそっくりだ。水垢でぬめる硝子。埃で覆い尽くされた水面。陽のささない地下室でながい、ながぁい時間をかけてあたしを夢見、あたしを発生させた水槽。……いいえ、あなた自身があの水槽だったのだ。嬉しくなってあたしはバケツの中で跳ね動いてしまう。

あなたと清掃係は同時にびくっとバケツから後退った。清掃係はバケツを指差しながら地下室の水槽に対するあなたの管理責任をまくしたて、あなたを非難する。あなたはそれをぼんやり聞きながら清掃係の顔とバケツを時折見くらべるだけ。言い終わると清掃係はバケツをドアのところに置いたまま、そそくさと出て行った。あなたは仕方なく持っていた鍋を傍らの机に置いてバケツに近づき、覗き込む。そしてあたしを見たとたん、顔を歪めて目をそむけた。青ざめた額に冷汗が浮かぶ。あなたの喉がぐぐっと奇妙な音を立てる。吐き気を催したのだ。この上なく醜悪で不気味なものを見てしまったと、あなたは思っているのだ。なんて可笑しいんだろう。あなたがあたしを知らないなんて。

あなたは靴の先でおそるおそるバケツに触れ、部屋の隅まで押しやった。そしてそれきり忘れることにして気を取り直し、さっきの鍋で湯を沸かし始める。遠くの方でチャイムが鳴った。通りの向こうにある工場が終業時間を知らせているらしい。あなたは窓際に立って外を眺めている。ほどなく年若い女子工員達が工場の門から出てきて、連れ立って通りを歩いて行くのだった。それが流行っているのだろう、思い思いの布製の手提げかばんを持ち、短いスカートの裾をひらひらさせて、はしゃぎながら歩き過ぎて行く。あなたはそれを見ている。西日に染まった彼女達の踝は剝き出しになっていて、未熟な果実の硬さをあなたに感じさせる。あなたは見ている。ぼんやりと。だらしなく唇を開いて。小さな鍋の中で湯がぐらぐら沸き立っているのに気づきもしないで。そのくせあなたは彼女達の顔を区別することができない(つまりあなたは幾本もの柔らかな手足をもやもやと動かす大きな百足を見ているのだ)。

湯がふきこぼれた音であなたはようやく我に返り、あわてて火を止めようとして鍋をひっくり返してしまった。熱湯が床にこぼれ、微かな床板の傾斜を正確になぞって部屋の隅へ、あたしのいるところへと流れてくる。あなたは舌打ちしながらモップで床を拭き、何気なくバケツの中を見てびくりと手を止めた。目を見開き、誰かに向かってそんなはずはないと言うみたいに力無く首を振る。そう、あなたの見ているものはさっき見たものとまるで違っている。あなたが今見ているものは、あの年若い女子工員達の剝き出しの踝にとてもよく似ている。いや違う、どこも似ているところなどないのに、あなたにはそれが踝そのものに感じられるのだ。あなたはゆっくりと跪き、あたしを見つめた。そして暗くなるまで、見つめ続けた。

その夜あなたは実験準備室で、あたしのそばで、眠ったた。窓にはカーテンがなく、月明かりがソファーに横たわったあなたを照らす。夢の中であなたは女と戯れている。女の顔はひどく曖昧だ。あなたはひたすら白くて弾力のある女の胸に、腹に、太腿に、全身を埋めようと身震いを繰り返す。そのうち女の体の輪郭は溶け崩れ、流れ出しながら際限もなく膨れ広がった女は温かく湿ったバターのようにあなたの体を包み込む。あなたをすっかり隠してしまう。あなたは体中の皮膚をむず痒い快感に粟立たせながら、眠る。夜の部屋で。あたしのそばで。

あなたが目覚めたとき、もう日は高く昇っている。体の端々に居心地の悪い疲労感をこびりつかせ、空腹を感じてあなたは部屋を出ていこうとする。ドアを開けノブに手をかけたまま、ほんの一瞬迷って、あなたは振り返った。バケツの中のあたしを見るために。そしてあなたはドアを閉める。床に倒れ伏すようにしてバケツを抱え込んだあなたの半開きの唇が細かく震えだす。そこにいるのは、バターのような女だ。昨夜の夢の中であなたを抱き、あなたを貪り飲み尽くしてしまうことであなたに法外な快楽を与えた、柔らかい肉だ。あなたの眼差しを受けてあのときと同じようにたぷたぷと波打っている。

あなたはあたしをバケツから小型の水槽に移し、机の上に置いた。椅子に腰を下ろし、あなたはあたしを見る。もう吐き気を感じることはないし、醜悪だとも思わない。この上なく美しいと、あなたにはわかったのだ。あなたの目の前であたしはゆっくりゆっくり変化してゆく。……グラビアに写された女の脇の下の影…あなたが引き出しにしまい込んだ誰かの歯のひと欠け…喉に刺さってとれない魚の骨…排水口にたまった何人分かの髪…乾きかけのミルクのにおい…あなたは見る。空腹を忘れ、眠ることも忘れ、あたしを見続ける。もちろん、もう二度とこの部屋を出ていくことはできない。あたしのそばを離れることはできない。けっして。

あたしは、あなただ。暗い地下室の忘れられた水槽の底で、あなた自身の中で、あたしは育まれた――。あなたはやがて服を脱ぎこの小さな水槽へ、あたしの中へ、身を沈めるだろうか。それとも水槽の角に口をつけ、あたしを飲み干してしまうだろうか。どちらにしろ、それはそんなに遠いことじゃない。明日の朝この部屋の床で、見たこともない水棲生物を最初に見つけるのは、またあの清掃係の男にちがいない。

（『液晶区』一九九三年思潮社刊）

詩集〈ガールフレンド〉から

寒気

空地に　めぐらされた
金網の　フェンスまで
歩く
歩いてゆく
引きつけられて
駅までの　道をそれ
金網に　指をからませる
冷えていた
いくつもの菱形にねじられた金属の線
恋人とするように
指を　からませる
歩道の縁に爪先だって
菱形を頬に押しつけると
寒いにおい

寒い　何もない土
乾いている
そこにあったはずの建物を思い出せないでいる
乾いて
あっけなく失われたあとの
空地に　めぐらされた
金網は　滑らかな緑にコーティングされている
冷えていた
わたしも　こわばった指先から
滑らかな　緑　に　コーティング　され　たい

(それとも　有刺鉄線
それも　いい
きっと　好きになる
からませたところから指は裂けるだろうか
寒いにおいはズタズタに　裂けるだろうか
空地を　めぐって
痛みもすぐに　冷たく乾く)

駅へ行けない
もたれかかる重さに　金網はゆるくたわんで
触れることのできない空地の方へ
わたしのかたちを吸い取ってゆく

ゲーセンじょうのアリア

(この部屋には何もない　ここは冷蔵庫のための部屋
冷蔵庫とわたしのための部屋　灰白色の壁と　ぼんやりとした照明を絶え間なく降り注ぐ天井と　それを映して鈍く輝いている磨かれた床　それだけ　ここには何もない　時折　穏やかな獣の唸り声に似た冷蔵庫の電気音が響いて　床を　天井の照明を　壁を　かすかに震わせる　わたしの皮膚を震わせる　冷蔵庫にもたれて床に坐ったままのわたしの皮膚が　誰も触れることのないわたしの皮膚が　震える　何もない部屋で震えてしまう　わたしは　冷蔵庫だけを愛している
ここには何もない　なんて清潔な空気　冷蔵庫の中の

ように清潔な空気　わたしは清潔な空気を吸う　清潔な空気に満たされて　わたしの中も冷蔵庫の中と同じくらい清潔　何もない　何もないまま冷えて　薄く軽くなる　わたしはおなかがすいているのかもしれない　そう　食べることができるものは何もないから食べたいものを思いつくことはできないから　おなかがすいて　わたしはとても幸せになる　わたしの中は空腹でいっぱい　いいえ　そうじゃなくて　ここには何もなく　空腹さえここにはない　冷蔵庫だけ　冷蔵庫とわたしだけ　わたしは　冷蔵庫だけを愛している）

彼女に会える場所はふたつある。ひとつは地下鉄。そこはわたしがいる場所。地下鉄が動いている間中、わたしは地下鉄に乗っている。地下鉄で眠っている。…ヒビヤ　から　カヤバチョウ　乗り換えて　オギクボ　まで　途中で地上の光を少し浴び　そこから放物線を描くように　イケブクロ　までは長い眠り　それから　ナガタチョウ　息苦しいほどたくさん人が乗っていても地下鉄は死んだ獣の体内のように静かで　車内アナウンスさえわたしの眠りを撫でてゆくだけだから　オモテサンドウ　までは短く深く眠り　いくつかの駅でたくさんの人たちが降りたあと　ウエノ　までを途切れがちに眠る…　行き当たりばったりに線から線へと乗り継ぎながら、何人もの見知らぬ他人の隣で移動する身体を眠らせること。それがわたしの眠り方だ。地下鉄でだけ、わたしは眠る。東京中の地下がわたしの寝室だった。彼女はそれを知っているから、地下鉄に乗り、先頭車両から最後部まで一気に歩いて、東京中の地下を歩いて、わたしを捜す。だけど地下鉄の中を揺れながら歩いて来る彼女の姿を、わたしは見たことがなかった。わたしは眠っていた。彼女がわたしの隣の座席に坐ってわたしを目覚めさせるまで、いつもわたしは眠っていた。

今日はわりとすぐに見つけた、と彼女が言う。この前は、ずいぶんたくさん捜してしまったけど。そう言ったとき彼女の唇は青ざめていた。わたしは知らない間にカクレンボかオニゴッコでもしていたみたいな気になって、そう、と答えながら少しうろたえてしまう。車内はもう空いていて、色とりどりの文字の車内吊り広告がゆったりと揺れ、ドアの横に立っていた男が降りぎわにちらりとこっちを見る。ささやくような彼女の声が、レールのきしみの間からたちのぼってくる。こんなところでしか眠れないなんて不幸ね　ほら　そんなに濃いくまがでているのはこんなところで眠っているせいよ、そう言って彼女は息をつき、苦しそうに目を閉じる。濃いくまがでているのは彼女の方だ。瞼も暗い夕暮れの空のよう。だけど彼女の目を縁取っている濃い翳は彼女の顔にとてもよく似合う。美しい彼女のくまを眺めていると、おなかがすいたわ、とつぶやいて彼女は重そうに目をあけた。地下鉄の窓の外は暗い。窓硝子には彼女とわたしが並んで映っている。わたしたちは似ているだろうか。ニンギョウチョウ　という駅名がわたしたちの顔を貫いて流れ、消え去ってゆく。

食べたいものは何？　身体をもたせかけるようにしてそう聞くと、彼女の皮膚をかすかな震えが走ってゆくのがわかる。ドーナッツ？　そう、ドーナッツ…と彼女が言う。ぼんやり、車内吊り広告を読んでいるみたいに、嘆息に似た声で。ドーナッツ、チョコレート・バー、コーラ、ポテトチップス、ゼリービーンズ、バナナアイスクリーム。駅を四つ通り過ぎる間に、やっと彼女はそれだけ思いつく。いつも、今にも死んでしまいそうなほどおなかをすかせているくせに、彼女には何を食べたらいいかがわからない。わかった、ドーナッツ、チョコレート・バー、コーラ、ポテトチップス、ゼリービーンズ、それからバナナアイスクリームね。そう言いおいて、わたしは地下鉄を降りる。ギンザ。空腹な彼女を地下鉄が連れ去ってゆく。わたしのかわりに今度は彼女が眠ってしまったのか、窓硝子の向こうで彼女の顔はいっそう白く見えた。わたしは改札を出て、百貨店の地階食料品売り場で彼女のための食べものをさがす。ドーナッツ、チョコレート・バー、コーラ、ポテトチップス、ゼリービーンズ、それからバナナアイスクリームがなくて、かわりにソーダ味のアイスキャンディ十本入り。

地下通路はところどころで水漏れしている。無数の足跡に汚され輪郭の消えかけた水溜りを避け、ジャンクな食べものたちをつめた紙袋をかかえたまま地下鉄に乗って、わたしは彼女に会える場所へ行く。彼女に会える場所はふたつある。ひとつは地下鉄。もうひとつはゲームセンター。そこは彼女のいる場所だ。

「・店内の鍵には触れないでください。
・ゲームプレイを目的としないで店内にとどまらないで下さい。
・店内で眠らないで下さい。
・一度払い出したゲームコインは返却できません。」

彼女がわたしを捜して地下鉄を乗り継ぐように、わたしも彼女を捜してゲーセンをはしごする。シンジュク　で、彼女は見つからない。ゲーセンはどこも似ていて、彼女の顔を忘れてしまいそうになる。アカサカミツケ　を経由して　シブヤ　では、店内に入ると少し暗くて、安っぽいショッキング・ピンクやショッキング・ブルーの光があちこちのゲーム台で点滅している。そこにいる人の輪郭はみな淡く滲んで、ゆらゆら漂う魚のようだ。きっとわたしもそんなふうに見えている。ドライブゲームの前を素通りし、ブラックジャック・ゲーム機とスロットマシーンの間を通り抜け、競馬ゲームの大きな楕円形の台をゆらり一周してから、いちばん奥に置かれたピンボールのところまで行く。そのあたりは人が少なかった。三つのピンボールの台はどれも少しずつ違っていて、表面を飾っているアメリカン・コミック調のイラストも、右は西部劇風、左はスペース・オペラ風、真中はホラー映画風。わたしは立ち止まり、スペース・オペラのゲーム台にもたれた。彼女はいない。でも、さっきからずっとあそこでコイン落としのゲームをやっている、あれが彼女じゃなかっただろうか。わたしは彼女の顔を忘れてしまったのかもしれない。ギンザ　から　シンジュクそれから　シブヤ　まで、目覚めたまま乗っていた地下鉄の、こすれるレールの音が、わたしの中から彼女の記憶をこそげ落としてしまったのかもしれない。わたしたちは似ていただろうか。ほら、そこでいっしんにコインを落とそうとしているひとには、美しいくまがある。見つめていると、落とされるために積みあげられてゆくコインのもどかしい動きが、わたしの中に響いてきて何かにひっかかる。この感じ、これは何？　はっきりつかんでしまおうと目をこらすと、わたしの内を何かがたぐり寄せられて来る。これは、上ってゆくときの不安な感じ、終わりのない頼りなさ、もどかしい疲れ…。覚えている、確かに、わたしは知っている。そう、これは、見たことさえ忘れてしまっていた夢だ。——まっすぐ上に伸びた青銅色の棒を巡る細いらせんの階段を、わたしは上っていた。清潔な空気の中を涼しい光が降り注いでいる。そこには誰もいない。凍りついたように静かだ。わたしはひとり中空で、青銅の階段をくるくると上り続けている。わたしがそこから上ってきたはずの地面は遙か下方に遠ざかり、すでに見えない。中心の棒はどこまでも空に向かってのびている。わたしはどこまで上っていくのだろう。くるくる、くるくる。巨大な鳥籠の中空に浮かぶ永久階段にとらわれたとかげのように、わたしは階段を上り続ける。くるくる、くるくる。階段を上るたび、わたしの中からこそげ落とされていくものがあるのがわかる。そうして、どんどんわたしは薄くなり、冷えて、軽くなった。するとわたしの背骨は一本の青銅の棒になり、その周りを巡る細いらせんの階段を、誰かが上り始める——。

気がつくと、コイン落としゲームをやっていた人はいなくなっている。そのかわり、彼女がそこにいる。

「食べるのはね、食パン一斤とあまくてふわふわしたパンを二、三個、クリームののったケーキみたいなお菓子も食べる。それからスパゲティを一袋全部ゆでてケチャップかマヨネーズかけて食べて、冷凍ピラフを一箱食べて、カップラーメン食べて、あとジュースを二リッターぐらい飲むの。半日かかっちゃう。うん、食べるのが目的じゃなくて、吐くのが目的なんだ。好きなものって、あんまり食べちゃいけない気がする」

彼女は、わたしの顔を思い出せないでいるかのような表情をしていた。さっきよりもっと濃くなったくまに縁取られた目で、わたしの顔とコイン落としのゲーム台を見くらべている。あの夢を見たのは、いつだったのだろう。今日、アキハバラ　あたりで彼女に起こされたとき？　それともここ、シブヤ　まで来る間、目覚めているつもりで食べものをつめた紙袋をかかえたまま眠ってしまっていた？　わたしは薄くなり、冷えて、軽くなった。おなかがすいていた。いいえ、おなかがすいていたのは彼女のはずだ。わたしは彼女に近づき、紙袋をさし出す。ほら　ドーナッツとチョコレート・バーとコーラとポテトチップスとゼリービーンズ　バナナアイスクリームはなかったわ　食べるものをこれしか思いつくことができないなんて不幸ね　自分がぜんぜん大事じゃないってことだわ、そう言ったわたしの声を彼女はちっとも聞いていない。蠅のようにあたりを飛び交う無意味なゲームの音だけを聞きながら、彼女は冷たく痩せた指先で紙袋を受け取った。

でも、彼女にはきっとそれが何なのかわからない。紙袋の中に入っているドーナッツとチョコレート・バーとコーラとポテトチップスとゼリービーンズを食べるということが、彼女には想像できない。ドー、ナッ、ツ、という音、チョ、コ、レー、ト、という音、彼女が理解できるのはたぶんそれだけ。彼女はゲームの機械音に聞き入っている。それだけが彼女の空腹を満たすことができるとでもいうように。

ふいに彼女はわたしを見ておかしそうに笑い、笑いながら話しはじめる。…ねぇ　ゲーセンっておかしい　おかしいわ　そう思わない？　だってどのゲームでどんなに勝っても　どれだけコインをためても　なんにもならないの　なんにも　換金されるわけじゃないし賞品もない　ただ減っていくだけ　無くなってしまうまで減り続けるだけ　コインとか　お金とか　時間とか　そういうものぜんぶ　ただすり減っていく　すり減らすための場所なの　それがこんなに楽しげで　こんなに幸せそうで　おかしいわ　すごく　おかしい…それから彼女は外へ出て行く。

外気の　シブヤ　はわたしにも彼女にも耐えがたいから、わたしたちは階段を下り、長い地下通路を歩いた。彼女は紙袋をさげたまま、だけどドーナッツやチョコレート・バーやポテトチップスやゼリービーンズのことなんて忘れてしまっている。どこかで、ぽたぽたと水が漏れ落ちる音がして、振り向く。彼女が泣いているのかと思って。だけど彼女の頬も目も、空のように乾いている。彼女もわたしを見ていた。泣いているのかと思った、と彼女がつぶやく。紙袋から、溶けてしまったソーダ味のアイスキャンディが滲みだして地面にこぼれ落ちていた。シブヤ　の地下通路に点々と、甘い跡がついている。バナナアイスクリームがなかったから　そのかわりだったのに　溶けて無くなっちゃったわ　と言うと、彼女は幸せそうに笑う。薄く、冷たく、軽くなって、幸せそうに。そしてわたしも笑う。
彼女とわかれて、わたしは地下鉄の路線上に戻るためにまた切符を買った。もう少し、眠りたい。終電にはまだ間がある。

（わたしは　冷蔵庫だけを愛している　冷蔵庫の中はからっぽだから　わたしが食べるものは何もない　いいえ　そうじゃなくて　冷蔵庫の中は祭壇のように　電器店に展示された冷蔵庫のカタログそっくりに　美しい食べものたちをぎっしり並べ入れてあるのだから　それを壊して何かを食べることなんてできはしない　禁止　されている　いったい誰に？　いいえ　それらはきっともう腐っているから　わたしは食べるのがこわい　どっちだったかしら　わたしはおなかがすいている　いいえ　すいてなんかいない　不幸？　いいえ　とても幸せ　灰白色の壁と　ぼんやりとした照明を絶え間なく降り注ぐ天井と　それを映して鈍く輝いている磨かれた床　それだけ　ここには何もない　いいえ　もっと　清潔に　冷えて　薄く　軽く　すり減って　すっかり無くなってしまうまで　幸せになりたい　わたしは　冷蔵庫だけを愛している　いいえ　そう　わたしは　冷蔵庫に　なりたい）

…ヒビヤ　カヤバチョウ　ドーナッツ　オギクボ　イケブクロ　チョコレート・バー　ナガタチョウ　オモテサンドウ　コーラ　ウエノ　ニンギョウチョウ　ポテトチップス　ギンザ　シンジュク　ゼリービーンズ　アカサカミツケ　シブヤ　バ　ナナ　アイ　ス　ク…

（『ガールフレンド』一九九五年七月堂刊）

詩集〈ボーイハント〉から

夏の崖

夜になってから　洗濯をした
ひとりの　部屋の壁に
濡れたシャツの影が揺れる
夏だから
すぐに乾いてしまう　すぐに
失われる　水分
いったいどこへいってしまうのか
こんなに素早く
乾いて
乾き切って
わたしの体のかたちをした影を見ている
揺れている
濡れて濃くなったその青いいろ

夜が来る前に
乗った電車は
ホームへ滑り込むための大きなカーブで
ながく体を歪ませた
歪みながら　わたしは
窓の向こうに室内プールが過ぎるのを見つめる
ほんの数秒だけ
古いビルの四階だった
水しぶきがあがって　競泳用の水着のひとの体が震える
　水の中にある
いつも
いつも　それが見たくなって
大きく傾く電車の扉に体を押しつける
汚れたガラスと皮膚のあいだで皺になるシャツ
揺れて
こすられる　皮膚が
そこに触れていたおとこのひとの手を思いだす
とても短い時間
遠く

水しぶきが届いて　わたしは
目を閉じ
プールの内壁はどうして必ず青いいろをしているのだろう
どうしてだろうと
それだけを　かんがえる
かんがえていた　乾く夜の駅の手前で

とてもきれいな空だった
昼間は　よく晴れて
だから　夜になって
洗濯をしたくなったんだ　着ていたシャツを　ぬいで
洗濯機に入れて　そのまま
渦巻く水を見ていた
くりかえし　くりかえし　同じところを巡って
揺れる　水
今日はほんとうにきれいな空だった
誰かにそう言いたい
渦巻く水を　ぼんやり　見ていれば
忘れていることができる（何を？）
今日はほんとうにきれいな空だった
（ほんとうにそうだったのだろうか？）

あぐあ、と呼んだことがある
夏だった
地図とパスポートと辞書を持って街を歩き
広場にたどりついたときには
ひどく喉が渇いていたから
建物の影になる広場の隅に並べられたテーブルにつき
明るい髪のウェイターに
水《Agua》（をください）と言ったのだ
あぐあ、と
苦しい息を漏らすような音で
わたしは水を呼び　求めた
ひとりだった
（ひとりじゃなかった）
眩しい日射しがめまいのように広場をこなごなにする
降りそそぐ破片に皮膚を覆われて　わたしは

あぐあ、と
空を見あげた

濡れて濃くなったその青いいろが
いつものシャツのいろになる
夜の壁際で
乾いて
わたしは
いったいどこへいってしまうのか
(どこへもいかない)
そのシャツをまた着て
ゆっくりと　汗ばみはじめる　濡れる体を　横たえると
夏の底
夜の内壁は　青く
崖のように　遠く
切り立っている

ヒフノナツ

夏が
揺れて
真昼の白い光を裂き
横たわる三日月のかたちで
プラットホームが近づいてくる
ゆっくり　カーブする電車の
中で
ゆっくり　傾いてゆく躰
傾いてゆく
からだの　線を
繰り返しなぞった男の指も
三日月のかたち
ゆるく曲げられていた
おもいだす
汗がにじむ
この駅は
川の上にせりだしている

地下通路は川底をくぐり
わたしは　もうすぐ
男に会いにゆく
電車とホームの間が広くあいておりますご注意下さいと
警告される警告される　わたしは
越えるだろう　わたしは
落ちるだろう
うれしい
三日月の指が触れたところから
安いアイスクリームのように溶けて滴り
落ちるだろう　わたしの
夏の
川へ

*

目を患って入院した男を見舞う。バス停からの長い道のりを日傘の縁ばかり見つめて歩いた。夏だった。客待ちのタクシーの列をやりすごし正面玄関を入ると古い病院の中は涼しく、待合室に並んだ深緑色の長椅子がてらてら光っている。会計窓口で知らない人の名がアナウンスされる。床にしるされた矢印に沿って眼科病棟へ、点滴を押しながら静かに歩く人たちに混じって中庭をめぐる回廊を渡った。エレベーターをおりると五階の病室へつづく廊下のつきあたりは窓で、眩しい日射しがそこからゆるくたわんだ廊下を波打ち処置室の扉まで届いている。窓硝子の向こうの樹木が、おそろしく遠く隔てられているような気がして急に笑い出したくなる。病室で、男は寝台からわたしを見上げた。左目は眼帯の下。右目に向かってわたしの唇は開く。「あ」のかたちの唇。「あ」のかたちの唇に、男は触れる。掌と指先をつかって、わたしの頬、わたしの瞼、わたしの耳朶、わたしの首筋……触れてゆく、とても熱心に、これまでのどんなときより熱心に。白いカーテンをひいた隣の寝台からラジオの音が漏れてくる。競馬中継だった。服の上から胸のあたりをさまよっていた男の指が乳首を探り当ててつまむ。右目から、わたしへ向かって急速に傾斜してくる男を見つけて、急に笑い出したくなる。あの待合室の長椅子のてらてらしたビニールの深緑にぺったり坐るのはどんな感じだろう。スカートの裾を広げて、ストッキングを着けていない夏の汗ばんだ皮膚を密着させて。「い」のかたちの唇。馬たちが走っている。皮膚をあたえ、わたしは両目を閉じる。閉じる。わたしの中はひっそりと暗い。…見る？　とたずねられ、目を開けた。男が眼帯を取ると左目は赤い。割れたざくろの赤い色。…この目は見えないんだ、気味悪いだろ？　わたしはううん、と首を振る。気味悪くなかった。怖くなかった。赤いつぶをひとつひとつ撫でながらからだごと奥深くまで滑り込んでいきたい。暗い中を、満たして、広がってゆく、血の色。欲しかったのは指ではなくこれだったのだろうか。笑い出したい。ラジオの音が消えて、わたしは、夕立ちがこないかな、と呟いてみる。

＊

わたしの
夏の
川へ

悲鳴

夜の部屋で
眠る男の
あたたかい寝息が　わたしを
眠れなくする
眠れない
横たわったまま
背中に触れる　ひとの体温に
落ち着かなくて
だるい瞼を開けると
明かりを消した部屋の　天井に
外を通る車のライトがゆっくり　映り過ぎてゆく
隔てるためのものはこんなに薄い　壁も　瞼も　皮膚も
すりぬけて
風が
吹き込んでくる　気配
暴風雨の
とても静かな暴風雨の夜だ

わたしは一人　薄い夜に覚めて
花を吐く
黙って
寝台のうえで体をねじり
くるしく駆けあがってくる花茎を
吐く
切り裂くナイフの素早さで　入り込む風が
狭い喉の奥に　開いて
つぎつぎと
開いて
暴風雨のように　伸び広がり
こみあげてくるから　わたしは
花を吐く
細かな棘を密生させたながい茎が
路地を吹き抜ける風の速度で滑りあがってきて
舌を切り裂き
苦く濡れた唇から　あふれこぼれて
シーツの皺に
暗く冷えた床に

散り広がる無数の花
息ができない
どこかで風が吹いている
窓硝子に隙間はないか
鍵はあまくないか
わたしは一人　ひびわれた夜に
花を吐き　落とす
眠る男の隣で　眠れないわたしの咲きこぼす花茎が
きりもなく　降り積もり
降り積もる

見られてはいけない
これはわたしの花だから
男が眠っていられるように
隣でわたしが眠っていると思っていられるように
そっと起き上がり
花を拾い集めて　ぜんぶ拾って　ドアを開ける
外へ
悲鳴のように

出てゆく
外は
隔てるためのものも　もはやなく
静まりかえった暴風雨に包まれて　わたしは
なまあたたかい花束を抱く　強く
抱きしめると　束ねた花は揺れきしみ
数えきれない棘が皮膚を裂くから
痛い　と
交差点を渡りながらわたしは呟く
センターラインが白い
痛くても　いい
いいんだ　これはわたしの花だから
昼間の道に背を向けて
花が揺れるほうへ
夜を　遠く
ながく　ひきのばされて
出てゆく

焼却炉だった

夜の裏側で
わたしは　たどりつく
抱きしめた腕ごと燃やし尽くす温度
わたしは花を燃やす
指をはりつかせて重い把手をつかみ
扉の向こうへ　投げ入れる
飛び込ませる
花茎が燃えあがる
あかるい
棘の火に照らされて
火の色にかがやく皮膚の傷
かたちをなくして
眠れるだろうか　花は　深く
夜から　夜を　すりぬけて
わたしは
どこかで
風が吹いている
ひきのばされた声の終わりの微かな震えのように

遠い部屋で
男はもうすぐ目覚めるだろう
まだやわらかいその寝息に背中を撫でられながら
わたしは目を閉じる
焦げた花茎のにおいはひっそりと
朝の空気にまぎれて　ほそく　消えてゆく

（『ボーイハント』一九九八年七月堂刊）

詩集〈EXIT.〉から

Over the Coca Cola

枯れ果てた草もまばらな平原をわたしたちは渡ってゆく。わたしたち、三人の姉とわたしは、一人がひとつずつ家具を担って歩いている。一番うえの姉は大きな寝台を。二番めと三番めの姉たちは双子で、誰も、彼女たち自身でさえ見分けがつかないのだが、それぞれ長椅子と長円形のテーブルを。軽々と肩や頭の上にのせ、うつくしい水鳥のようにまっすぐ歩く。わたしはテレビの受像機を右肩にのせていた。四角いかたちの、わたしのＴＶ。何も映さない画面が頬に触れている。滑らかで冷たい。姉たちの後ろを歩きながら目を閉じると、見えない白と黒の粒子がそこから放たれて、眠りのように金属片のようにわたしの中へと降り積もっていく気がする。音が、聞こえる。サァーン、サァーンとやさしい粒子の降りしきる音が耳殻を撫でる。……いいえ、これは電線の鳴る音だ。目を開けると、枯れ果てた平原の見晴るかす限り彼方まで続いている電信柱の列。細い木でできた、あちこち傾いたり曲がったりしている古い電信柱が、この平原の彼方から彼方へと電線を送っているのだ。曇り空の下、電線が風に鳴り、それに沿って歩き続けるわたしたちの髪も風になびいて微かな音をたてている。

電線が鳴っているわ

姉たちは振り返らない。わたしは、わたしたちから少しだけ離れたところを歩いているもうひとつの人影の方に向かって叫ぶ。

ほら、犬、聞いて、電線があんなに鳴ってる

樫の木の扉を担いだ人影がゆっくり振り向く。わたしたち、わたしと三人の姉たちが所有しているたったひとりの男。犬。姉たちは彼をそう呼ぶ。わたしも。犬は、こっちを向いて笑ってくれたようだったが、ちょうど担いだ扉の陰になって顔がよく見えない。ねえ、と繰り返し呼びかけようとして、気を取られてわたしはわたしのTVを肩から滑り落としてしまった。草地に鈍い音が響き、姉たちがいっせいにこっちを見る。草を押しつぶして転がったTVと、青ざめるわたしを見る。それから、あわててTVを拾いあげるわたしを見もせずにまた歩きはじめる。わたしは、まだ、慣れていないのだ。犬が、走り寄ってきて、TVをおなかのあたりに抱え直したわたしの前に跪き、掬いとるようにわたしの右足を持ち上げると足首から膝までをぺろりと舐めた。なんて熱いんだろう。やわらかくてざらざらの布に似た感触。TV越しに、長く突き出された舌と舐められて濡れたわたしの足が見える。膝から足首にかけて、TVを落としたとき角で擦られたらしい桃色の傷ができていて、犬の舌は何度もそこを往復している。

くすぐったい

そう言いながら、わたしは抱えたTVをぎゅっと抱きしめた。舐められるということをはじめて知って、暗い画面に押しつけたおなかのあたりがほのかに温まってくる。

夜が近づくと、わたしたちは落ち着かなくなって歩きながら犬の方をちらりちらりと盗み見る。並び立つ電信柱の影が薄く長く平原に伸びる頃、やっと犬は立ち止まり、

樫の木の扉を肩から降ろして草地に突き立てる。その扉の内側がわたしたちの家だ。わたしたちは歩くのをやめ、一番うえの姉は寝台を降ろし、二番めと三番めの双子の姉たちはそれぞれ長椅子とテーブルを降ろし、わたしはＴＶを降ろす。犬は電信柱にのぼって電線とＴＶのコードを器用につないでくれる。スイッチを入れると画面は明るくなるのだが、白と黒の細かな粒子がきりもなく流れ続けるだけ、何も映らない。わたしたちは黙ったまま、ぼんやり画面を見つめる。それ以外にできることがあるだろうか。寝台と長椅子と長円形のテーブルのあるわたしたちの部屋を、ＴＶの光が揺れながら照らす。寝台に横たわって上半身だけ起こした一番うえの姉の肩が、長椅子に並んで腰かけた二番めと三番めの姉たちの額と頬が、眩しくかすんでかき乱されている。ＴＶの横腹にもたれて草の上（いいえ、ここは部屋の床）に坐り込んだわたしの腕も、明るく崩れ散らばってゆく。そうしてわたしたちは眠るのだった。

犬、おいで

夜のあいだに、姉たちのうちの誰かがそう呼ぶ。眠っていてもその声は夢の隙間に降り込む雨のようにして聞こえてきた。呼ばれて、扉の前に身体を丸めて寝ていた犬はゆらゆら起きあがり、呼んだ女と二人でテーブルの下へ行く。テーブルの下で静かな息を繰り返しながら抱き合う二人の肌がＴＶの光を浴びて眩しく瞬き、やがてＴＶの光よりも強く発光しはじめる。寒い青白い光。平原を溶かすように遠くまで届く冷たい熱。きのうまでは、わからなかった。きょうは、昼間知った舌の感触を思い出すことができる。覚えている。震えてしまうほどの熱さを。くすぐったく濡れていく桃色の傷を。だから、わかる。やわらかくてざらざらの布に似た犬の舌の彼方に、あの青白い光があることを。眠りながらわたしは片手でＴＶの画面を撫でた。わたしの足を舐めた犬の舌がそうしたように、ゆっくり、何度も往復させて、撫でた。光が不規則なかたちに遮られ、わたしたちの部屋は眩暈のように傾く。きっと、わたしも呼ぶのだろう。姉たちとおなじ声で、犬、おいで、と。あしたの夜、それともあさっての夜、平原を渡る夜に繰り返し、犬、おいで、と呼ぶだろう。

枯れ果てた草もまばらな平原をわたしたちは渡ってゆく。電信柱の列は途切れることなくわたしたちを平原の彼方へと連れてゆく。曇り空の下、三人の姉とわたしと少しだけ離れたところを歩いている犬の影は淡く、今にも消えてしまいそうだ。だけど曇り空じゃない空を、わたしは知らない。姉たちから離れ、わたしはひとりで電信柱に近づく。TVを右肩にのせたまま、電信柱のかたく乾いた木肌に左耳を寄せてみる。……何も聞こえない。何ひとつ。風に鳴る電線の音さえも、そこからは伝わってこない。木の中の水も、もはや流れないのだろうか。とまってしまって……姉たちの姿が遠ざかる。左耳からひりひり凍え、どうやってまた歩き出せばいいのか、わからなくなる。すると犬がやってきてわたしの隣に立ち、そら見てみろよとでも言うように、平原の彼方を指すのだ。

あれは、何、犬

目をこらすと地平線上に何か赤いものがある。見たことのない赤い色。もっとよく見ようとわたしが電信柱から離れると、犬は笑って先に歩き出す。わたしもそのあとから小走りになる。小指の先ほどだった赤い色は少しずつ大きくなり、近づいてくる。姉たちもじっとそれを見ているのがわかった。草地に斜めに突き立った、ほんの少し横長の、平らな四角いもの。わたしたちはそれに向かって歩いてゆく。赤の中に、ねじれたリボンのような白い色が混じっているのが見えてくる。わたしたちは近づく。赤く塗られた、金属の薄くて大きな板の前で、わたしたちは立ち止まる。

Coca Cola

土埃に覆われ、汚れた白い文字をわたしたちは見あげる。それから、また歩き出す。コカ・コーラの看板を後にして。うつくしい水鳥のように歩く三人の姉たち。彼女たちのうちの誰かはわたしの母だったかもしれない。でもそれはまるで同じことだ。たぶんもうすぐわたしたちの誰かが、わたしかもしれない誰かが、またひとり妹を生む。妹はすぐに彼女自身の家具を担い、わたしたちといっしょに歩きはじめるだろう。そう、きっと冷蔵庫。冷蔵庫がいい。夜半、ふいに訪れた目覚めにとまどって冷蔵庫のドアを開けば、橙色の光が水のように肌を浸してくれる。わたしたちと妹は犬を共有し、電信柱の列に沿ってどこまでも平原を渡ってゆくだろう。

平原のはるか遠くで、誰かがコカ・コーラの自動販売機にコインを落とす音がした。

島公園

倒立した円錐のかたちに重ねられ人の背ほどの高さになった新聞がバス停留所の脇のキオスクで売られている。もうまもなくバスがやって来る時刻のはずだから停留所へ急ぎ足で近づきながら、見ると新聞の円錐はゆるやかにたわんで上部が微かに揺れていた。たった今、一人の男がそこから一部抜き取ったせいだろう。男の投げた硬貨がミントキャンディやチョコレート菓子の上に散らばり、キオスクの女が骨ばった指先でそれを拾い集めている。女の右目は重たげに腫れてほとんどふさがっている。硬貨を拾い終わると女は新聞の円錐のかげに隠れてしまった。新聞は見出しの大きな文字ばかりずらりと並ぶように整然と重ねられている。わたしには読めない文字。反復される奇妙なかたち。わたしはバスを待つ人の列の後ろにつく。円錐を巡る模様のように並んだ見出しの文字の横にはカラーで撮られた写真の一部も見えていて、あれは何だろう、粒子の荒い黄色の、髪だろうか、人の。円錐の表面に繰り返しあらわれる黄色。前に立つ男が買ったばかりの新聞を開く。写真が見える。全部、見える。黄色い髪を肩のあたりでカールさせた若い女の目がわたしを見つめる。笑っている。キオスクの女はいつのまにか眼帯をつけ平台の週刊誌を手荒に並べ直している。バスはまだ来ない。一時間目には間に合いそうにない。

語学学校の教師に名を呼ばれるとそれはわたしの名にはどうしても聞こえない。返事をするタイミングを逃してしまう。(……ハ、イ)。授業の終わりに教師はわたしの名を呼び、わたしは誰もいなくなった教室に一人残った。一時間目の授業に遅刻したから。どの単語もうまく発音できないから。いつまでたってもわたしがこの国の文字を覚えないから。今日はどの理由だろう。狭い教室の西向きの窓から夕暮れの光がなだれるように射し込んで無数の靴跡の残る床をひたひた浸しパイプ椅子から机の高さへとあふれてゆくあいだ、手持ちぶさたにまかせて探っていたバッグの底から食べ残しのミントキャンディを見つけて一粒口に放り込むと、半透明の小さな立方体が歯にあたる音が恐ろしい近さで響く。その向こう、遠くで扉の開く音がして振り返ると教師が入って来て後ろ手に扉を閉めるところ。鍵をかけたのかもしれない。向かい合って坐った教師の体は左から斜めに西日の色に切り取られる。あの新聞の黄色い髪の女はどうしたのだろう。ぼんやりゆるんでいた唇をこじあけ、教師の指がいきなりわたしの口の中に突っ込まれる。子供向けの絵本に似たテキストを差す指。白墨の味のする指。教師はテキストを最初からじゅんばんに発音するよう命令し、それからわたしの口の中のミントキャンディに気づいてつまみ出し窓から投げ捨てる。わたしは発音する。指がわたしの舌を押さえつける。発音する。舌は折り曲げられ歯の裏につけられる。発音する。喉の奥まで届こうとする指に涙が流れ、ふいに歯医者で聞くあの嫌な音を思い出す。そういえばあの音は生徒たちに悲鳴をあげさせるためにときどき教師が黒板を爪でひっかいてたてる音にそっくりだ。発音する。中指にあるささくれが上顎に痛くて、舌がどんなかたちにされているのかわからない。発音する。悲鳴のような声になる。指を伝って唾液が床まで滴った。西日は消え、教師の体は夜に溶け落ちている。

夜、借りている二階の部屋へ階段を上りかけると、待っていたように下に住む大家が現れる。太った体を揺すって手摺を支えに顔を近づけながら、早口で何か言う。その大仰にしかめられた眉のまわりの肉の盛り上がりから目をそらすことができないまま、わたしは一言も聞き取れない。(ドウゾ、ユックリ)。大家は溜息をついて皺になった新聞を開き、見覚えのある黄色い髪の女の写真を指差しながら今度はゆっくり発音してくれる。(～シテハナラナイ、行ク、島公園、一人、決シテ、恐ロシイ、コト、スデニ、四、若イ、女、同ジ、アナタ、サレル、死、ニヨッテ、……、アナタ、デキナイ、スル、言葉、ワタシ、忠告、～シナケレバナラナイ、覚エル)。声が途切れ、次の単語を聞き取ろうと身構えているわたしの目の前で大家はぷいと背を向け自室に入ってしまった。立ちすくんでいた三段目から四段目へと階段を上りながら、わたしはかろうじて聞き取った単語が消えてしまわないうちに何とか組み立ててみようとする。ぬらぬら濡れ光っていた大家の唇が頭の中でまだ蠢いていて邪魔をする。たぶん何かを禁止されたのだとおもう。行ってはいけないと言っていた、恐ろしいことになるからと。どういう意味だろう。知らない単語があった。二階にたどり着いてドアを開けると暗い部屋は湿ったもののにおいがする。そう、あの黄色い髪の女は死んでしまったのだ、きっと。(恐ロシイ……)。恐ロシイという単語の響きはわたしの皮膚の表面に細かな震えをさっと走らせる。でも恐怖はその言葉の中にあるわけじゃない。禁止されたその場所に恐怖が待っているとでもいうのだろうか。それとも狭いベッドにこうして斜めに横たわったわたしの体、行けばこの体の中に恐怖が発生するのだろうか。眠りが訪れる。白墨の味が舌の裏側に残っている。

夢をみる。夢につかまってしまう。いいえ、そうじゃない、わたしをつかまえたのは親しくなつかしい指だった。両頰から耳の後ろを撫で首のまわりにたゆたっている気配。こいびとの指、とわたしはおもった。川に架かる橋の上、低い欄干に背をもたせかけてわたしはこいびとの顔を見ようとする。逢いに来たの、こんな遠くまでと言おうとするわたしにこいびとの顔はどうしてかはっきり見えない。こいびとは何か言っている。口から新聞の見出しのような文字が漂い出てくる。わたしには読めない文字。反復される奇妙なかたちが帯状にわたしの体を巡る。これが恐怖だろうか、とわたしはおもう。こいびとはこの国の人になってしまった。バスが来ないのだから仕方ない。こいびとの名をうまく発音できず口ごもっていると首にまわした指に力がこめられ、逃れようとするわたしの体はあっけなく欄干を越えて逆さまに川へと落下する。ひどくゆっくり落ちてゆき、川面に届くとそこはベッドのようにやわらかくわたしの体を底まで引き込んでしまう。暗い川底で髪は黄色い藻のようになびき、横たわったわたしの体の上にたえまなく降ってくるものがある。小石、ジュースの空缶、読み終わった新聞、丸めたメモ用紙……。橋をバスが通り過ぎるたび乗客が窓から投げ捨てるそれらが川面を揺らしながら落ちてきてわたしの体へ沈み降り積もってゆく。チョコレートの銀の包み紙に右目をふさがれ、わたしは深く眠った。長いながあい眠り。やがてわたしは小さな島になる。半月形の島。川はそこで二本の流れに分かれ、わたしの体を貫いて草木が伸びてゆく。川は次第に細く枯れていつか半月形の公園を囲む歩道になる。わたしを訪れ踏んでゆくたくさんの足。わたしを掻きまわす奇妙なかたち。笑っている。繰り返される。悲鳴。滴り落ちわたしに染み込むあたたかい水分。それはわたしの血だ。わたしは目覚める。朝の部屋で、シーツはひっそりと湿っている。

わたしは島公園へ向かう。（行カナケレバナラナイ）。こいびとがわたしを呼んでいるのだから。『島公園』という停留所でバスを降りると公園の入口は赤いロープで幾重にも封鎖され、そこに案内板のようなものが立っている。新聞の切り抜きが何枚か貼ってある。わたしには読めない文字。顔写真が四つ。近づくとそのうちの一つは見覚えのある黄色い髪だ。笑っている。繰り返される。悲鳴。それはわたしの血だ。何度も滴らせた。そう、ワタシノ。バスは来ない。（決シテ）。赤いロープをくぐり抜け、ワタシハ、行ク。

グリシエル

正午の気温が30度を越えたらしい
眠っていたから　わたしは知らなかった
眠っていた　からだは薄い汗に覆われて
もうその先へは逃れられない折れた高速道路の先端から
　なだれ落ちるような夕闇のなかで　目が覚める
一人で

つけっぱなしのＴＶから夕方のニュースの声
死んだ人や殺した人やいなくなった人の名を
浮き島のように踏み渡って
バスルームへ
裸になる
開いた蛇口から流れ落ちるぬるい湯たちこめる湯気にわたし
の　輪郭はあっけなく溶け滲んで消えてしまいそうだから
ぼんやりする
ぼんやりするだろう　きっとこんなふうに　死んでいくときも
一人で　裸になって　開いて
正午の気温は30度を越え
わたしはバスオイルの壜を傾ける
冬中なじんだ香りの最後のひとしずくと
壜の底で重なりあった花びらを湯に放つと
ゆらゆら　曇る湯に　からだは沈んでいる
これは何

いったい何なのだろう
濡れた皮膚に花びらが貼りつく
首筋　胸　手首
これはどこから来たの
荒い包装を解いて厚い硝子の壜を手にしたのはわたし
冬のはじめに男はそれを差し出した
（「おみやげです。」）
手荷物に入れられ空に浮かんでニューヨークの街頭から運ばれた壜の
なかの　花びら
誰がそれを摘んだの　指先はどんなふうに触れて
花は　どこに咲いていたのか
草原　丘　温室
この花びらが触れたはずの風の
湿度も匂いも　わたしには届かない　わたしはアメリカの
草原を見たことがない
ふいにワイエスの絵を思い出す
思い出すわたしは

草の丘の途中ワンピースも着ずに裸で膝を折りうずくま
　っている
（ウソ　わたしは湯の中にいる　ぬるくあたたまって）
鳥肌がたつ丘の上の花々は白く凍えて揺れ
見上げる曇り空はどこまでも広がって
果てしなく
果てしなく
覆っていく
覆われる　わたしは　どこにいるのか
グリシエル
祈りの言葉はそこにない
光る傷を内側に包みこんで閉じていく
無音の
夏。

＊gris ciel　薄曇りの空のようなやや青みがかった明るい灰色の
　フランス名

（『EXIT』二〇〇一年ふらんす堂刊）

詩集〈lives〉から

新宿アルタ前　仮縫う夜

仮縫い師は遠くからやって来る。背の高い男。遠い、今はきっと色も褪せているだろう壁の際に置かれてあった椅子にひとり坐っているのを見たときには、そんなに背が高いとわからなかった。そのとき約束をしたのだっただろうか。思い出せない、あれは何の集まりだっただろう、室内は賑やかな交差点のようにたくさんの人のざわめきに震えていて、そこだけ静まった壁際に、折り畳まれた大きな楽器のように男は坐っていた。最初の位置を印すためのピンに似た視線がわたしの皮膚に届いたときの、微かな痛みが甦る。密やかに留められて、揺れる踵で立ち止まったわたしは喉が渇きはじめていたから、あのときコトバは交わさなかったはずなのに。遠い、きょう、長い距離を一息で縫い縮めて仮縫い師がわたしの前に現われる。トウキョウ、安っぽい映画のなかで見覚えたような夕暮れのビルの大きな広告スクリーンの下に立って、わたしを見つけるとまるで昨日も一昨日もそこに立っていたみたいに当たり前に微笑んで、近づいて来る。背の高い仮縫い師。向かい合って立てば首を反らさなければならない喉の奥が張りつめて、息が苦しい。どこへ行くかわからないまま歩き出し、まぎらわすように笑おうとして、はやく、苦しいところから喉の奥からほどかれていきたいおもいが、もっと奥の方に泡のように生まれたのに気がつく。

聞きなれない声に撫でられる皮膚は滑らかに張りつめて、仮縫い師のコトバに集中するとそれは何度も繰り返された物語の音楽のようにわたしの体を幾重にも巡る。使い込んでやわらかくなった巻き尺で採寸されている気持ちになってしまう。もう始まっているのですかと問いかけたくても、並んで腰掛けてしまえばおなじ高さで呼吸する仮縫い師はずっとまえからよく知っている幼なじみみたいな顔をして、近づいている。こわい。でも夕暮れから深く体を傾け、暗さへとほどけていきたい。いきたくなる。夜に浮かんだ泡のような試着室で、遠く、長い距離の果てにあらわれるわたしはどんなかたちをしているだろう。カーテンを閉じよう。仮縫い師は微笑む。わたしの指先は冷たい。正面に坐りなおしてから掬い取るようにあたたかく握って、仮縫い師が囁くコトバはまじないのように聞こえる。これが最初の行程ですか。どんなふうに縫おうか探っているのですか。黙ったまま、どこかわからないところからほどけていくわたしはくたくたと布のように目を閉じて、仮縫い師といっしょに探ろうとしているのかもしれない。指先を離れ髪へ、それから頬と唇、首から肩をたどって、遠い距離をたどって、仮縫い師の掌はわたしを縫い始める。

遠かった、と仮縫い師は呟く。針は微かに甘い痛みを印して進む。夜の外はトウキョウで、絶え間なく車の行き過ぎる音が響き、ビルの広告スクリーンは濁った光を今も点滅させているだろう。そう、遠い。やわらかい指がわたしのうえに描く線を追いながら、頷く。さっきまでわたしがまとっていたのは、きっと瓦礫のようにばらばらになりかける何かをかろうじてつなぎとめたものだった。だけどそれもわたしのもの。記憶の皮膚を、わたしは捨てたりしない。仮縫い師も取り除こうとはしない。背の高い体を折り曲げるようにわたしに屈み込んで、遠かった、ともう一度、小声になった仮縫い師の声は掠れている。どのくらい、とわたしは首を反らせる。何年も、なんねんも。答えながらそれを埋めようとするみたいに仮縫い師の指の動きが速まると、引き攣れて、皮膚は短く叫ぶ。浅い、深い、不規則なダーツ、隠されたプリーツ。滴のような跡になる。息が苦しい。口を開けてごらんと仮縫い師が言う。ぽかり、とわたしのなかに空白が開いてそこへ、引き攣れたいくつもの跡から遠い距離と長い時間があたたかい夜の果汁のように滴る。きりもなく、滴って、波打ち縫われるわたしの内側に、遠く、近く、近く、遠く、みずうみがあらわれる。

(浮かびあがる、夜の、果て、ここは、いいえ、どこ、どこにもない、みずうみ、だった、果てしない、わたし、広がっている、どこまでも、底のない、なかった、みずうみ、わたしは、縫われることのない、みず、どこかに、揺れている、光のない場所、誰も、触れることはできない、わたし、底も縁もない、みずうみ、だから、何もいらない、誰も、ただ、みずうみ、だった、暗い森の奥の地図にはない湖のように、おとこがやって来る、遠いところから、知らない、知らないひと、知っているひとなど一人もいないのだから、わたしは、みずうみは、おとこがみずうみに入っていこうとする、怖れもなく、遠くから来てまっすぐに、大きな体をまっさかさまにして、震えて揺れるみず、うみ、おとこの体のかたち、沈ませる、静かに、震える、みずうみの、わたしの、夜の、向こう岸はない、どこにもたどり着くことはないだろう、おとこは、溺れる、いい、溺れさせて、あげよう、震えながら、その体を包み込んで、あげる、みずうみは、わたしは、底も縁もないのだから、いくらでも、きりもなく、終わらない、夜に、溺れ、おとこは深い楽器のよう、チェロだろうかピアノだろうか、沈みながら、みずのなかで、聴こえない音楽を奏でている、遠い、距離を照らし、わたしへ、縫われることのない、みずうみへ、響く、

だろうか）

夜明けにはまだ間があるけれど針も鋏も消えかけて、仮縫い師は糸を断つように短く眠る。縫われた皮膚の記憶をゆっくりなじませながら、眠れないわたしは仮縫い師の閉じられた瞼にそっと触れてみる。なだらかな皺の濡れた感触。わたしもそこを縫ったのかもしれない。いつか、ちがう国の市場へと続く狭い路地で、衣料品店のガラス戸越しに黒光りする小さなミシンを抱きかかえるような姿勢で踏み続ける浅黒い肌の男を見た。べつの国では、広場の隅に置いた古い机のうえでおもちゃのピアノを弾くようにタイプライターを打っている赤毛の男を見たこともある。あの男たちも、こんなふうに大きな体を夢に沈ませる夜があるのだろうか。閉じられた瞼がひくりと動く。その向こうにはわたしが見た路地も広場もなく、そこにある夢をわたしは見ることがない。仮縫い師が目覚めたら、夢の話を最後に縫い込んでもらおうとおもう。朝がくるまえに、わたしは出ていく。ひとりで。タクシーとゴミ収集車が行き交うトウキョウを、歩いていくわたしは、縫われた皮膚をまたほつれさせるだろう。綻びはすぐに広がって、ばらばらに崩れてゆくだろう。それでもいい。そのまま、歩いて、わたしはわたしの遠くへ行く。ピンの痛みも針の甘さも喉の奥に、瓦礫の奥に沈ませて、苦しい息をわたしはやめない。仮縫い師は遠くから、再び訪れるだろうか。それは同じ男だろうか。ゆっくりと目を閉じるわたしのどこかで、印されたかたちが音楽を奏でている。聴こえない音を、うみだす指先は仮縫い師の、わたしの体温にあたたまっている。

コンビニエンスストア　夜歩ク

夜中に
急に
甘いものが欲しいような気がして
きっとメロンパンが食べたいんだと思って
部屋着のままコートをはおってポケットに財布だけ入れ
コンビニへ行く

セブンイレブンのメロンパンは外側のビスケット生地が
　少し固めでおいしかったから
セブンイレブンへ行く　途中の路地で
抱きあっているカップルがいる
横をすり抜ける
ゴミ袋の横をすり抜けるように
セブンイレブンの自動ドアが開き
パンの陳列棚の上から二番目にメロンパンを見つけたと
　たん
何だかちがう気がして
食べたいのはこれじゃなかった気がして
買うことができない
仕方なく
明るい店内をぐるり一周し
セブンイレブンをあとにして
大通りを渡りローソンへ行く
ローソンで売っているベルギーワッフルがわたしは好き
　なんだ
思い出して　バームクーヘンの並んだ隣に残っていた最
　後の一コを手にレジへ向かおうと
歩く　数歩の間に　ベルギーワッフルを噛みしめたとき
　の歯応えが
にじみ出る油っぽい甘さが　ありありと口いっぱいに感
　じられて
全然ちがう
棚にベルギーワッフルを戻して
やっぱりメロンパンだったのだろうか
ローソンのメロンパンは売り切れている
沖縄黒糖ドーナツ、ちがう
チーズ蒸しパン、ちがう
六枚切り食パンを買って帰ってバターとブルーベリージ
　ャムを塗って食べてみようか
それともタマゴサンド　でもおなかがすいているわけじ
　ゃない
何か　ほんの少しでいいのだ
舌触りでもいい味でもいい　わたしを満たすもの
カスタードプディング、じゃなくて、アロエヨーグルト、
手にとってはやめて

甘いものじゃないかもしれない
さらさらと口の中でこわれてなくなってしまうもの
ポテトチップス・コンソメ味、とんがりコーン、イチゴ
　ポッキー、コアラのマーチ、
でもちがう
わたしは何が欲しいんだろう
ここにはない
駅の向こうへ行く
電車はもう終わっている
食べるものじゃないんだろうか
郵便局の隣のファミリーマートの前で
電話ボックスの中の誰かが誰かに電話している
わたしも電話してみようか
でも誰に
ファミリーマートの入口には運び込まれたばかりの雑誌
　が並べられ
週刊新潮、アンアン、ＳＰＡ！　近いような気もするけ
　ど
部屋に持って帰って一人でそれを読むのを想像すると

小さな活字がもっと遠のいていき
スーパーマイルドシャンプー、植物物語メイク落とし、
　（物語……？）
紙コップ、パンティストッキング、乾電池、封筒、
わからなくなる
わたしは何が欲しいんだろう
でも
まだこの先にサンクスがある
あるから
いつかわたしの欲しいものが見つかるんじゃないかと
わたしの欲しいものはどこにもないんじゃないかと
思いながら
歩いていくことができる
コンビニがなかったら　わたしはメロンパンが食べたか
　ったと
思い込んだまま　夜に押しつぶされるばかりだったはず
だから
わたしは
夜の道を　次のコンビニの明かりへと歩き出す

歩いていく
ポケットの中で　ぎゅっと手をにぎる

（『lives』二〇〇二年ふらんす堂刊）

詩集〈やわらかい檻〉から

椅子工場、赤の小屋、それから

　学校が終わったら寄り道しないでまっすぐに帰ること、というママの言いつけをわたしはときどき黙って破った。乱暴に開け放たれた教室の扉から廊下へ階段へと流れる波を俯いてやりすごし、黒かったり赤かったりするランドセルを背負って校庭を横切っていく列のいちばん後ろからわざとのろのろ歩いて、馬鹿みたいに大きなコンクリートの塊が倒れてきそうでコワイから門を通り抜けるときだけは走るけど、どんどん遠くちいさくなる黒と赤の背中から声や足音がもう聞こえないのをかくにんして、最初の曲がり角を素早く左に折れる。角の電柱には触らない。翻ったスカートの裾がうっかり触っただけでもいけない気がする。気がするだけだってわたしは知ってる。でも触らない。この前ここにものすごく古い洗濯機が捨ててあった。走り出す。

狭い路地を抜けると川が見えてくる。あんなの川じゃない溝だ、とママは言うけどわたしは淀んでいても涸れかかっているときでも細い川の水面がゆらゆら動くのを見ていると少し不安な気持ちになって好きだった。そのまま川に沿って上流の方へ、学校からもママの家からも離れ、遡るように走っていく。できるだけずっと走って行こう、とけっしんする。それでもきっとまたダムまでは行き着けないだろう。わたしがダムにたどり着くことができたのはたった一回。苦しくて苦しくてこれきり死んでしまうとおもうくらい走って、夕日が沈んでいく最後の光を浴びたダムの端っこが輝くのをほんの一瞬だけ見た。吐きそうになりながら瞼を閉じて開けるとそれはすでに夜の暗さの中に溶けて消えてしまっていて、誰もいない川沿いの道を引き返して走り下っていく途中で膝と踵が痛くて疲れてわたしは泣きたくなり、泣き出すかわりに二度吐いた。暗くてよく見えなかったけどママが作ったお弁当のスパゲティのケチャップが土の上と口の中とできつく臭って、わたしはあれからケチャップ味が嫌い。夜の玄関でママは怒ってわたしをぶった。寄り道をしたんじゃなくて図書室で本を読んでいたら面白くて夢中になって気がついたら夜になっていたのとウソをつこうとおもったのに、その本がどんなお話だったかも走りながらかんがえていたのに、言う間はなかったし足がガクガクしていたから立っていることもできなかった。倒れながらドアノブに右耳がぶつかって、今もへんな音が聞こえる。シーッシーッシーッ。約束を破るなんて人間じゃないってママは叫んだ。寄り道しないでまっすぐに帰るというのは約束じゃなくて命令だとわたしはおもったけど言わなかった。シーッシーッシーッ。わたしはたぶんずっと前からケチャップ味のスパゲティが嫌いだったんだ。

あれから何度もダムまで行こうとしてできないでいる。途中で日が沈みかけたり疲れすぎたりして、帰り道を走りとおすことはとてもできそうにないとおもえると足が止まってしまう。こんなにダムが見たいのに。社会科の授業のときこっそり教科書の先のページを読んでいてダムを見に行こうと決めた町をまるごと一つ沈めてしまう大量の水それは川の水面みたいにゆらゆら動いたりしないのだろうかどんな気持ちがするのだろう見たら沈んだらどんなふうに水は。でも、今日もだめかもしれない。そうおもいながら走り続けているとランドセルの中でお弁当箱と定規がぶつかって音をたてる。右耳のシーッシーッシーッと混ざり合って酷い音になる。気が狂いそう、ってママの口癖を真似して言ってみよう。気ガ狂イソウ！　気ガ狂イソウ！　気ガ狂イソウ！　本当はダムじゃないってわかってる。この川の上流にあるものを学校の先生もママも堰と呼ぶから。でもわたしはダムと呼ぶ。誰にもないしょで。一人で。だからその場所はわたしにとってダムだった。今は。大人になるまでは。本物のダムを見るのはもっと先のこと。本物のダムを見たのは大人のわたしだ。

コンクリートに覆われていた川岸が剝き出しの土手になり鈍くカーブするあたりで今日も足が止まってしまう。日はまだ沈んではいないけど踝には薄く夜の空気がまとわりつき始め、わたしは言いわけのように振り返って椅子工場を眺める。カーブする川の流れにくるまれるようにして立つ古い建物。わたしが教科書のダムのページを読んで町の上に高く積み上げられ伸びていく水の柱のことを考えていたとき、先生は工場の話をしていた。この近くにもちいさいですが工場がありますね……と先生の埃っぽい唇が動いていた。椅子工場、と声がした。誰の声だったんだろう？　シーッシーッシーッと右耳の音をロの中で繰り返しながらわたしは川岸に下り、流れの細くなったところで川を飛び越えて椅子工場に近付いていく。昨日もそうした。一昨日も。先週はまだこちら岸から見ていただけだったのに。近付く。誰かが足で踏み潰した白墨みたいに平たい建物の壁は最初に見たとき蔦がびっしり這っているのかとおもったほど錆だらけだ。椅子工場は、頭上に積み上げられてしまった水の恐ろしい重みに押し潰され途方にくれたまま眠り続ける町に似ている。わたしは水の柱の頂上へと駆け登ることができずゆっくり沈んでいくように椅子工場の周囲を巡って歩く。渦の中心へ引き寄せられる。触れる。掌にざらざらする壁、窓枠にかろうじて手が届くけど中を覗くことはできない。どの窓も同じ高さだということは昨日たしかめたのにわたしはもう一度やってみずにはいられなくなる。

椅子工場で、椅子はどんなふうに作られているのだろう。窓枠に指先をかけて爪先立ちをしたまま、オートメーションという習ったばかりの言葉を頭に浮かべ天井から吊り下げられた同じかたちの椅子が一列になって静々と前進してくるのを想像してわたしはうっとりする。

何してるの、と声がしてわたしの体は震えあがり窓枠のささくれが指に突き刺さる。シーッシーッシーッという音がふいに途絶えたかとおもうとすぐに大音響で頭の中いっぱいに鳴り響き始め、悲鳴をあげそうになるのを堪えながら振り向くと知らない男のひとがじっとわたしを見ている。何してるの、とそのひとがもう一度言う。そのひとの向こうで沈みかけた日が空を橙色に染めているから輪郭のぼやけた大きな穴みたいにぼうっと膨らんだシルエットを通ってそのくぐもった声はどこか別のところから響いてきたみたいに聞こえた。答えないでいると大きな黒い穴は少しだけ笑おうとしたのか上の方を短く震わせ、勝手に入っちゃいけないんだよと言いながらわたしに近付く。反射的に後退りしたわたしのランドセルが壁に擦れてザリッと音をたてた瞬間ママの怒鳴る声を聞いた気がしてごめんなさいとわたしは呟く。その言葉をつかまえるようにわたしの手首をつかまえ、おいで、と知らない男は言うのだ。おいで、ここはだめ、と。

皮膚に触れた男の指は水死人のようにぶよぶよと柔らかく冷えていた。もちろん溺れて死んだ人の体に触れたことなどなかったのだけど、こわくて声も出せないわたしを引きずって男は椅子工場の裏手へ廻り、わたしがたぶん道具置場だろうとおもっていた小屋へと歩いていく。扉の把手に手をかけ、きみ、このまえ道で吐いていたでしょう、と男はわたしの顔を覗き込む。笑っていた。夕暮れの光の中で男の不揃いな前髪が揺れ、このひとは道端に跪いてわたしが吐いたケチャップまみれのスパゲティに顔を寄せくんくんにおいを嗅いだのだとおもうとわたしは何だかもう逆らうことのできない気持ちになる。動けなくなる。力が抜けてばらばらになってしまいそうな体は男につかまれた手首のところでかろうじてひとまとまりになっているだけで、さっきまではその体の中いっぱいに満ちていたはずのコワイという気持ちもどこかに抜け落ち、からっぽになったわたしの体は軽々と小屋の中へ引き入れられる。

　道具置場どころか小屋の中には何もない。椅子も机も窓も電動鋸もない。ただ赤い色だけがあった。どこを見ても赤。一瞬、室内灯が赤い光を放っているのかとおもったけどそうじゃない、壁も床も天井も小屋の内側はぜんぶ、赤い色に塗られているのだ。溺れそうになる。息ができない。男は扉を開けたままにした。そうしないと室内灯のない小屋の中は真暗で何も見えなくなるのだとおもう。わたしは男の顔を見る。そのひとの顔を知る。でもきっと後でこの顔を思い出すことはできないだろう。忘れることもできないけど思い出すことはそれよりむずかしい。わたしはこんなにからっぽで、ここは赤いだけだから。赤い床に崩れ落ちそうになってわたしはすがりつくようにそのひとの顔ではなく胸元を、わたしの目の高さにあるものを見つめる。突然、今は夏なのにそのひとがセーターを着ていることに気がついて視線がそこから剝がれなくなるそれはここでは褪せた赤い色に見えるけどたぶん灰色の毛糸それとも元は白かったのに汚れたのをそのまま着ていてそんな色になったのかも菱形の連続模様の編み込みがおなかの左側の一コはかたちが歪んでいるちがう何か染みがついているんだちょうど菱形の角に消そうとして何回も擦ったけど薄くなるだけでどうしても落とせなかった染みが深く毛糸の奥に染み込んでいて赤黒く見えるここではそれは何の染み何の何の。何を見ているの、と頭の上からくぐもった声が降ってくる。聞き入っていた右耳のシーッシーッシーッの音がふっつり切れてわたしは赤い床に座り込む。

　床は木の板で細かな砂と土埃が汗ばんだ内腿に付着する。思い出して指先を見ると窓枠のささくれが刺さったままほんの少し血が滲んでいた。どうしたの、と声がした方をゆるゆる見あげるとそのひとは困ったような顔になりおどおど落ち着かなく体を動かしていてわたしはママに怒られるときわたしもこんなふうにするとぼんやりかんがえる。椅子が欲しい？　急にくっきりと大きな声で男は言い、それはさっきわたしが椅子工場を覗こうとしていたから聞くのか今わたしが床にべったり腰を下ろしているから聞いたのかわからなかったけど、わたしは首を横に振った。椅子が欲しいかどうかなんてかんがえたこともなかった。わたしが欲しかったのはダムを見ることだけ。わたしはダムが見たかったのだ。本当に。

わたしが本当にダムを見るのはずっと先。本当に、本物のダムを見るのは大人のわたしだ。それからすぐにわたしは死んで、死んだ体はダムに投げ込まれる。もしかしたら完璧に死ぬのは水に落ちたあとなのかもしれない。どちらにしろわたしの体はダムの底に沈んだ町に棲み町に溶けて町の眠りを眠り続けることになる。時折、夢の中でわたしは水の柱を駆け登り、こぼれ落ちたひとしずくのように椅子工場を訪れるだろう。大人のわたしは窓から中を覗くのにじゅうぶんな背の高さを持っている。夢の中だから壁をすり抜けて内部に入ることだってできる。椅子工場はひっそりと荒れ果て、静かな埃に満たされたそこにはわたしが想像していたようなオートメーションのためのレールはなく恐竜の背骨のように幾つも重ねられた同じかたちの椅子も見あたらないだろう。ただ、壁際に一つ、窓の下に一つ、それからあちこちに作りかけのさまざまなかたちの椅子が、どうやって座ればいいのかわからない不思議なかたちの椅子が、幾つも置き捨てられているのをわたしは見つけるだろう。右耳の音はもう止んでいるけど、そのとき声が聞こえる。椅子が欲しい？　誰の声だろうか。そこには誰も、わたしさえいないのに。椅子が欲しい？　わたしは首を横に振るか頷くか、決められずに泣く。ママは教えてくれなかった。わたしは泣く。

壁

壁には苦しみがしるされている。

その古い建物は気の遠くなるほど長い時間をかけて計画性も節操もない増築を繰り返したせいで無数の壁が秩序なく入り組みねじれ、誰も見たことのない醜い怪物の胎内を思わせる奇妙な空間を造り上げていた。ところどころは記憶の縁から滑り落ちて消え、虫食い布のような斑な暗い穴をのぞかせている。入ってはいけない。そのような忌まわしい場所へ、足を踏み入れてはいけない。けっして。ホラームービーのヒロインにはそれがわからない。惹き寄せられ吸い込まれるように建物の中に、気がつくと爪先はもう黴くさい床板に降ろされている。いつも。いつもそうだ。閉じられることのないだらしない唇に似た扉が招いている。そこを越えるとき、これきり戻って来られなくなるのではないかという怯えにとらわれ、震える唇をわたしも閉じられなくなる。秘密のキスを待ち受けているかのように震えて開く。なぜ引き返さないのだろう。建物にこもる重く湿った空気に体を包まれながらわたしは、ゆっくりと壁に手を伸ばす。もう少しで指先が触れそうになるまで近付く。目を凝らす。壁には、苦しみがしるされている。

子どものころ、うすい壁の向こうに姉妹が住んでいた。昼間は外で石蹴りやままごとや虫殺しをして遊び、空から光が失われ始める時刻になると直方体の貧しい建物がたくさん並んでいる中からわたしたちはそれぞれの家を選んで帰っていく。二軒ずつがうすい壁を隔てて背中あわせにつながれている公営住宅はどれも同じかたちで、角の磨耗した積み木そっくりだったからときどきわたしたちは帰る家を間違ったかもしれない。でも気づかなかった。天井の低い狭い室内で、母親のような人が色の薄い食べ物を盛った器をテーブルに並べ、父親のような人は煙草を消してコップに冷たい液体を注ぐ。小さな窓から街灯に羽虫が群がっているのが見え、わたしはうまく箸を使えなかった。輪郭のない塗り絵をするようにして食事を終えると、いちにちに疲れ果てたわたしは奥の壁にもたれて座り込む。投げ出した両脚の膝も、うすい壁にぴったりつけた背中も、まるで自分の体じゃないみたいだったのをまだ覚えている。背中の壁の向こうにぽっかりあいているはずの空間ではもうひとりの母親のような人が器に残った食べ物をテーブルの下のゴミ箱に捨て、もうひとりの父親のような人がまた煙草に火をつける。姉妹は何をしているのか、わたしは耳をすませた。さっきまでいっしょに遊んでいたのに夜になると姉妹の顔を思い出せなかった。姉はわたしより年上で、妹はわたしより年下だったと思う。二人ともウソつきで、意地悪で、虫歯だらけで、美しかった。うすい背中の壁越しに、よく似た声が言い争いをするのをわたしは夜毎うっとり聞く。言葉はひとつも聞き取れず、傷つけるために叫び罵りあう声の強弱だけが果てしない音楽のように壁を波立たせて続き、やがて何かが壊れる音がして激しい泣き声が響く。すると微かな空気の震えが壁から背中に伝わり、そこから甘ったるい痙攣が体の中へ降り注がれて、わたしは眠くなるのだった。

大人になった姉妹をわたしは知らない。いつのまにかどこか他所へ引っ越してしまったのだろうか。今もわたしの背中近くに住んでいるのだろうか。

思い出せない。

ひと夏中、ホラームービーを見続けた。

仕事の帰り、人通りの絶えた夜半の住宅街を歩く。明かりの消えた駅が背後に遠ざかるにつれて深くなる静けさの底へ、わたしは足早に坂道を下っていく。朝、駅へ向かう人の流れに浮かぶ塵芥のひとかけらになって歩いているときとはちがう場所のような感じがする。それは疲労のせいでタールを踏んでいるみたいに足裏が路面に貼りつく感触がしているからではなく、誰もいない暗い街路が目を閉じていても思うとおりに歩くことのできるわたしだけの道筋に感じられるからだ。指で自分の顎の先から胸元までをなぞるのと同じくらいそれはたやすいことだった。

坂を下りきったところで道なりに左へ折れると、水音が聞こえてくる。退屈な公園にある噴水のような音で、いつものことなのになぜか聞こえてくるまでわたしはそれを忘れていて、そのたびにドキッとする。朝には聞こえないからかもしれない。ちょうど曲がり角にあるタンクに似た円柱状のコンクリートの建物の内部でその規則的な音は発生するらしく、ああ水が流れているんだと思いながらわたしは角を曲がる。何の建物なのだろう。ふつうの家にも見えるけれど、小さな音楽ホールか何かだろうか。表通りからは見えない中庭か地下に池があって、噴水が一晩中かたちを変えながら水を吐き続けているのかもしれない。浄水設備を備えた特別な施設だろうから家に帰ってから地図で調べてみよう。そう考え、だけど通り過ぎて次の角を曲がり音が聞こえなくなれば、わたしはあっけなくすべてを忘れる。夜の壁の向こうで夢のように水は消え、また次の夜にとけて流れ出すまで、わたしの耳の奥に凍りついている。

触れることのできない隔てられたところで何かが起こっている。

思い出せない。

ひと夏中、ホラームービーを見続けた。

梅雨がまだあけないうちから近所のレンタルショップで毎日二、三本ずつ借りて帰るのがクセになった。エルム街の悪夢とかキャンディマンとか最初はパッケージの文字も読んで選んでいたのだけれど、すぐにどうでもよくなって棚に並んでいる端から順に手に取るようになった。空腹で疲れ切っているのに、着替えもせずに明かりを消したままの部屋の床に座り込んでわたしはビデオを再生する。汗で湿っていた首筋も腕も急速に乾いていく。不吉な音楽、グロテスクなモンスター、残虐な殺し方、ヒロインの悲鳴。彼女たちは必ず入ってはいけない建物に入っていき、見てはいけないものを見てしまう。どうしてやめないの、おそろしいめにあうよ。そう呟きたくなるわたしは、だけど知っているのだ。建物は彼女たちが入っていかなければ存在できない。恐怖は彼女たちのためにそこにあらわれる。次から次へ、わたしはやめることができなかった。恐怖はどれも少しずつ似通っていて、滑稽だ。それでもエンドロールが終わって画面に何も映らなくなると崖の縁から滑り落ちたようにしばらくぼんやりし、それからあわてて巻き戻して次のビデオに入れ替える。朝になるまで見続け、ほとんど眠らずにそのまま出勤することもあった。もしもその夏、近くで凄惨な殺人事件があったなら、ホラーマニアとしてわたしの名はまちがいなく容疑者リストに載ったことだろう。

色を塗り重ねていく。もとの色がすっかり隠れて見えなくなってしまうまで何度も、執拗に。作業していることすら意識できなくなるほど繰り返す。そんなふうにわたしはホラームービーを見つめる。何リットルもの血と数え切れない死体、作り物の恐怖と苦痛の映像を浴び続けていると、何もかもが鈍く輪郭を滲ませてわたしの中から遠ざかっていく。塗り込められていく。もとの壁の色。それがあったことさえ忘れそうになる。思い出せない。思い出せなければいい。毛羽立った皮膚をやさしい掌で撫でられなだめられるように、ホラームービーを見ているとわたしは安らかな気持ちになった。恐怖に恋したみたいに、中毒になってアルコールや薬を求めるみたいに、わたしはパッケージされた恐怖が欲しかった。

恐怖はそこに、わたしの外にあった。手で触れることさえできる。なんて素敵。わたしはヒロインといっしょに階段を這い上がり、廊下を駆け抜け、クローゼットに身を潜ませる。彼女たちを追いつめ、待ち伏せし、ふいをついて斧や肉切り包丁を振りあげもする。こわい。おそろしい。苦しくて痛い。でもそれはわたしの外にあるのだから、ほんとうの朝がくるまでの短い時間をわたしはビデオのリモコンを握ったままベッドにもぐりこんで安心して眠った。深い眠りはたくさんの色を塗り重ねてできる濁った灰色をしていて、その下に何があるかはもう見えなかった。わたしはそれを見たくない。見たくない。ひと夏中、ホラームービーを見続けた。数え切れない死体と飛び散った何リットルもの血が、眠りの壁に隔てられ触れられないところで、積み重なっていく。

伸ばした指先は壁に届くより先にそこにしるされた苦しみの気配に触れ、指先から凍えるように冷たくなってわたしは泣く。壁はわたしの泣く声に微かに震える。これは誰の苦しみ、誰の痛み、ここにいるのはいったい誰。目を凝らす。ここにはわたししかいやしない。入ってはいけないのに、戻れなくなるかもしれないのに、ホラームービーのヒロインのように悲鳴をあげることなどできないのに、わたしはここにいる。わたしの中の古い建物。わたしがいなければ存在できない建物。このままここで、わたしはまた残虐な殺し方をされて死んでゆくのだろうか。壁には数え切れないわたしの死体が塗り込められ、わたしの血を巡らせ続けている。わたしがそれをしたのだ。思い出すこともも修復することもあきらめて、わたしは目を閉じる。

壁には苦しみがしるされている。

KAMIKAKUSHI

なにかが近づいてくる。

覚醒してからもひどいダルさが体じゅうを満たしていて、指一本動かすことはもちろん瞼をもちあげてみることさえもできず、雨があがったあとのぬかるんでいる人通りのない道の泥土みたいにわたしはただ横たわっていた。目が覚めているのはわかったし、感覚は人差し指の先端からチリチリと這い上がってくるちいさな黒い蟻のような気の遠くなるスピードで痛痒さを取り戻しつつあったけれど、泥土に半ば埋もれたまま時間がたつにつれ数を増してくるように感じられるちいさな黒い蟻がやがてびっしりわたしの皮膚という皮膚を覆い尽くしてしまうだけだという気がしてきて、うんざりする。すごく暑い。どうしようもなくダルいのは「記録的な猛暑」と単調にテレビニュースが繰り返しているこの夏のせいかもしれない。ようやく右手にリモコンを握ったままだったことに気がつき、薬指の腹を滑らせて適当にスイッチを押してみた。エアコンが作動しますようにと短く祈ったのだけれど、パッと音がしていきなりキャハハ……と女の高笑いが響いたということは、これはテレビのリモコンだったようだ。閉じたままの瞼を透かしてあたりにテレビ画面の明るさが染みていくのがわかる。それにしても、いったい今は昼なのだろうか、夜なのだろうか。

弟がいなくなったのは五歳の夏だった。

女はまだ笑っている。何がそんなに可笑しいのか、会話が聞き取れないからわからない。わたしたちは双子だった。窮屈な母親の胎の中で抱きあって眠り、いっしょに生まれた。母親は不妊治療を受け排卵誘発剤を飲んでいたから双子はめずらしくはなく、「めずらしいことじゃないわ」と白い服を着た大人の女が母親に言うのを見上げていた記憶がある。めずらしくも何ともないわたしたち。保育園にはわたしたちの他に二組の双子がいた。だけどそれならなぜ、いなくなるのがわたしたちのうちの一人でなくてはならなかったのだろう。わたしはまたそんなことを考え始めてしまう。あの夏も暑かった。すごく暑くて、ダルかったのかもしれない、わたしはひどくのろのろと虫除けの軟膏を手足に擦り込んでいたのだ。

夕暮れ近く、午睡の眠気のさめきらないままねとねとの白っぽい軟膏を指の腹ですくって皮膚を擦っているとだんだん触っているのが自分の手や足じゃない感じがしてくる。やめられなくなって、りくー、りぃく、りっくっ……と何度か弟を呼びながらわたしはいつまでもそうしていた。はーい、ここだよぉ、うみ……とそのたびに応える声が玄関から聞こえ、そこで弟が待っていてくれるのがわかった。なにかが近づいてくる。

　テレビの音量を上げようとして指を動かしたが、ちがうスイッチに触れてしまったのだろう、女の笑い声が聞こえなくなった。ぼんやりあたりを明るませていた光も途絶え、やっと細く目を開けてみると画面は暗く、白い線がときどき引きつるように横切っていく。あれは何度めだったのか、応える声が聞こえなくなった。それでもしばらくは、りく、りく、と歌うように続けていたのだけれど、急にセミが鳴いているのに気がついて怖くなってわたしは玄関へ走った。誰もいなかった。これまでそんなことは一度もなかったけどもしかしたら先に行っちゃったのかなと思い、開いたままの戸口から滑り出てわたしは見えないりくの後を追いかけた。五歳だった夏、わたしたちは近くのバス停まで、セミの抜殻や朝顔の蕾やねずみ花火の燃えさしや、そんなゴミみたいな宝物を集めながら二人で歩いて行ってまた帰って来るのを一日の終わりの儀式にしていたのだった。その日、わたしは初めて何も拾わずにバス停まで走ったのに、りくに追いつくことはできなかった。りくはどこにもいなかった。帰り道にも、家にも。テレビ画面のちらつきがうるさくて、わたしはまた目を閉じる。

　りく、りく、と呼びながらわたしは家の周りと部屋の隅々を歩き回った。最後には、うみ、と呼んでみた。それはもちろんわたしの名だったのだが、りく、と声にし続けているうちに失われたのがどちらの名だか、わからなくなっていたのだと思う。応える声はなく、わたしも声を失った。りくがいないことに母親はしばらく気づかなかった。わたしたちは二卵性のわりにはとても似ていたし、いつもお揃いの服ばかり着ていた。庭を横切るわたしの姿を見てそのあとすぐにキッチンのドアから覗くわたしの顔を見れば、二人いると誰だって思うだろう。

夕食のテーブルで母親は青ざめ、それからひどい騒ぎが始まったのだと思うが、よく覚えていない。結局、弟は見つからなかった。首筋を汗が流れ落ちる。喉の奥はいつのまにか入り込んだちいさな黒い蟻たちに埋め尽くされたみたいに乾き切っているのに。立ち上がって冷蔵庫まで歩いていって冷えた炭酸水を飲みたい。でもわたしの体はまだ半分土に埋もれたようで力が入らず、自分の体のはずなのにどこか遠いところにあるみたいだ。

閉じた瞼の内側の暗がりも何だか乾いていて、うつろな街の真昼のように低く風が吹き抜けていく。ここはどこなのだろう。わたしの中に広がる古い、死んだような街。狭い通りの両側にもたれあうようにぎっしり並んでいる背の高い石の建物は、みな黒ずみあちこちが欠けていて、死人の口中を思わされる。罅割れたところからボロボロともろく崩れていく微かな気配。腐臭さえもはや漂わない場所。風はほんの少し生臭いけど、それはたぶん遙か遠くから届く海のにおいだ。錆びついたドアノブ。アーチ型の窓の桟に降り積もった埃。なにかが近づいてくる。街灯の濁ったガラス。傾いた広場。土くれと小石の道の先で線路は枯れ草に覆われ、黄色い屋根のある貨車は動かない。わたしは手の中のリモコンのボタンをそっとなぞってから、同じ指先で届くところにある自分の皮膚を撫でてみる。汗に濡れている肩、鎖骨、首、ゆっくりと同じところを擦ってみる。ひりひりして、でもそのうちそれが自分の皮膚じゃないような気がしてくる。死んでなめされた動物の皮と知らないうちに取り替えられていたとしてもきっとわからない。一人になってからずっと、わたしは自分の体が自分じゃないようで、体の中ががらっぽみたいで、こわい。

りくはどうしていなくなったんだろう。誘拐されたと言う人もいたし、事故にまきこまれたんだと言う人もいた。神隠し、とこっそり耳打ちしあう人たちがいたことも知っている。でも、そうじゃなくて、あの暑い五歳の夏、先に玄関から待ち切れなくて駆け出したのがわたしの方だったら、わたしがいなくなっていたのだろうか。そうしたらわたしは今どこにいるのだろう。体の中に広がるうつろな街。ここにりくはいるのだろうか。ここはわたしがいたかもしれない場所なのだろうか。りくはどこにいるのだろう。あのとき、いつものように二人いっしょにバス停に向かって歩いていたら、二人ともいなくなっていたのだろうか。だけど、ずっと二人でいるならわたしたちにとってはいなくなってなんかないってことと同じだったはず。そうしたらわたしたちはどこにいたのだろう。今は。どこにいるんだろう。りく。うみ。応えは返ってこない。わたしはテレビをつけたい。

母親は混乱して、ときどきあやっと見つけたりくが帰って来たと叫んでわたしを抱きしめた。抱きしめられるとわたしは、そうかなわたしはりくだったんだっけ母親がそう言うんならそうなのかもしれないと思って、抱きしめられてないときも本当にりくになってみようとするのだけど、そうすると母親はりくのふりしないでと言ってぶつのだ。ぶたれたのはりくなのかうみなのかわたしも混乱して、痛いのか痛くないのかわからなくなっていった。テレビをつけたいのに、いつのまにかわたしはリモコンを放してしまっていて、仕方なく手首や肘の内側を擦り続ける。両手をそろえて太腿でぎゅっと挟むと、ようやくいくらか確かさに似た何かがそこに生まれてくる気がする。汗でぬるぬるする腕と脚に力をこめてみる。ゆるく曲げた指が、あたたかくぬかるんだ泥土みたいな窪みに自然と潜り込んでいって、少しだけ安心する。そこはわたしの体の中で、そこは乾いたうつろな街なんかじゃない。じっとしていれば包み込まれた指先から溶けてわたしは体のない眠りへと溶けていくことができる。

りくと触れあわずに一人で寝なければならなくなった五歳の夜から、わたしは何度も何度もりくのことを想像した。ロープでぐるぐる巻きにされて狭い小屋の隅に倒れているりく、鎖に繋がれて重い石を運ばされるりく、鞭を持った大人に追われて空中ブランコや火の輪くぐりの練習をしているりくさえ想像した。眠っていたのかいなかったのか、土に半ば埋められたりくが瞼の裏に閃いたとき、自分の口の中に嫌なにおいのする土がつめこまれている気がして叫びながらわたしは吐いた。するとそばにいた誰かが、あれは誰だったのだろう、母親ではなくたぶん保母さんか学校の先生が、わたしの背をさすりながら耳元でお話をしてくれたのだ。りくはねえ、とてもきれいでいい子でしょう、だからあの日たまたま通りかかったよその国の王さまがりくを見て一目で好きになって、どうしても自分の子どもにしたくなって、連れていっちゃったんだよ。りくはうみと会えなくなって悲しいけど、りくはやさしい子だから、さみしい王さまといっしょにいてあげようとけっしんして、遠い国の王子さまになって素敵なお城で暮らしているよ……。

　うまく想像できなかった。でも吐き気はおさまったから、涙を流しながらわたしはまずバス停を思い浮かべた。わたしたちが夏の夕暮れの散歩の折り返し点にしていたバス停。停留所の名前を記した文字も時刻表もわたしたちにはまだ意味がなくて、ペンキの剝げたベンチがそこに座ってバスを待つためのものだとも知らなかった。あの日、りくはそこにいて、きっと時刻表にないバスが通りかかる。りくだけのために。それまでわたしたちが町で見たことのある古ぼけてがたぴし揺れながら走るちっぽけなバスじゃなくて、ぴかぴかのバスだ。王さまのバス、遠い国までりくを乗せていくバスは、磨かれた床が金色に輝いていて、天井には星のように宝石がちりばめられている。りくの席は王さまの隣だ。冷房のきいた涼しいバスの中で、柔らかいビロウドのクッションを何個も重ねた上に座って、りくは王さまからおいしいジュースをもらったことだろう。すごいスピードで流れていく窓の外の景色を眺めながら、欲しくなれば車掌がいくらだってチョコレートを差し出してくれる。うみにも持って帰ってあげようと、りくはキャンディを二つもらって一つはポケットに入れたにちがいない。わたしたちがいつもそうしていたみたいに。二つもらって、一つはポケットに。金モールの縁取りの帽子と白い手袋の運転手が運転するバスで、にこにこ笑っている王さまとりくは遠くへ行った。なかなか帰って来られないくらい遠い国で、りくのポケットにはまだうみのためのキャンディがしまってあるはず。

　両脚のあいだに挟み込んだ手指をキャンディを探すようにていねいに動かしてみる。なにかが近づいてくる。甘ったるくてむず痒い感じ。りくがいなくなって、眠れない夜には素敵なバスに乗って遠ざかっていくりくを想像しながら脚のあいだを触るのがクセになった。触っているのをいつだったか母親に見つかってひどくぶたれた。

そんなところをいじっちゃいけませんって。でも、ぐにゃぐにゃしたあたたかいそこは、まるでさっきまでそこから先はりくの体だったみたいで、たった今もぎとられたばかりの傷口みたいで、触れているとりくを感じることができたのに。そんな場所が自分の体にあるのを見つけて嬉しかったのに。手は布団の外に出しておきなさい、と母親は言った。母親はだんだんおかしくなっていって、わたしが生んだ子どもは一人だけ、わたしは双子なんか産まなかった、最初から一人しかいなかったんだと考えればいいのよとブツブツ呟いていたかと思うと、わたしのことをりくと呼ぶことが増えてわたしが返事をしないと怒るようになった。ちょっとでもわたしの姿が見えなくなると半狂乱になり、わたしを家の中に閉じ込めた。

さらわれたのはどちらだったのだろうと、わたしはときどき考える。こうして閉じ込められているわたしの方が本当はさらわれてきてここにいる子どもなんじゃないだろうか。どこかでりくがわたしを探しているかもしれない。線路は草に覆われ貨車はもう動かないから、いつかバスに乗ってこの遠い遠いところへりくはやって来るかもしれない。折り曲げた足先に固いものが当たる。リモコンだ。わたしはそれを手繰り寄せ、目を開けてもう一度テレビのスイッチをいれ直す。突然、ピーッと音がして画面に四角く区切られた青や赤や黄色が明るく映る。ああ、今は夜が明ける前の時間なんだ。りく、今は夜が明ける前の時間なんだよ。テレビの光に淡く浮かびあがるここは、黒ずんだ石壁に乾いた土の床、洞窟みたいだ。わたしたちはもしかしたらまだ生まれていないのだろうか。ここは胎の中で、わたしたちはいっしょにこわい夢を見ながら眠っているのだろうか。離れ離れになるしかない生まれたあとの夢を。

チャンネルを変えると、こんどはザラザラした音が長く引き伸ばされ画面は白と灰色の粒子であふれかえる。さっき皮膚の上を這っていたちいさな黒い蟻たちはここから出てきたにちがいない。蟻たちはわたしの中のうつろな街に、雪のように静かに降り注いでいる。わたしはリモコンを開いた脚のあいだに置き、二つのてのひら全体で胸と腹に触れてみる。ぎゅっと抱きしめるように、強く触れていく。絶え間なく降り注ぐ感覚は、けれど積もることなく頼りない雪のように一瞬で消えてしまう。わたしはわたしの中の街に行くことを思い描く。乾いた土の道に立ち、建物の石壁に手の甲を擦りつけながらどこまでも歩き、海のにおいが微かに混じる風に鼻をひくつかせる、それは五歳の子どもだ。街はまだ、死んだまま。

りくはここに来るだろうか。うみはここを出ていくだろうか。

わたしたちは生まれることができるだろうか。

なにかが近づいてくる。

（『やわらかい檻』二〇〇六年書肆山田刊）

詩集〈半島の地図〉全篇

サイゴノ空

最後に見る空はせめてきれいな青ならいいのにと
思ったけれど瞼をほんの少しもちあげて
震える睫毛の隙間からのぞき見たのは灰色というよりは
すべての色が抜け落ちた平板な広がり
それはさっき倒れ込んで横たわったとき
尖った石が後頭部に思いのほか強く当たったせいで
わたしの目がもう色を感知できなくなっているからなの
　かもしれない
本当は晴れ渡った青空だとしても
蜂蜜瓶のなかに落ちた薔薇が溶けてゆくような夕空だっ
　たとしても
わたしにはわからない
そのことを悲しいと感じているわけではないのに目尻か
ら

涙がこぼれて
あたたかいと一瞬だけわかる
だけど頬に張りついた髪の毛に遮られながら首筋まで伝
　う頃には感覚がぼやけて
わたしの涙はわたしのものではなくなった
いいえこれまで一度だってわたしのものだったことがあ
　っただろうか
いいえいいえわたしのものだった何かなどひとつでもあ
　っただろうか
思い返してみようとすると何もかもが滲んで
体も体のなかにあったものもぼんやりしてくる
ただ瞼がちいさな足で踏まれているように重いのは確か
　で
目を開けていられない
ものすごく眠いときと同じ
違うのはこのまま目を閉じたら二度と目覚めは訪れない
　ということ
わたしは眠るのではなく死んでゆく
どうしてだろう

水の音が聴こえる
わたしのなかを流れていたいろいろなものが
昨日のご飯や明日の約束や今日みるはずだったこわい夢
　もぜんぶ
外に出てしまって流れているみたい
そうじゃないここは川辺だわたしが連れてこられた誰も
　いない川のほとり
髪の先は水面に届いて濡れている
着古したワンピースはあちこち破れ
萎れた花びらのように冷えた砂利の上に広がって
体はその真ん中で力を失いぐにゃぐにゃと横たわってい
　て
これがわたしの体だなんて信じられない笑いたくなる
笑いたい唇が動かない
ちょっと前まではいつだって上手に完璧な微笑みをつく
　ることができた唇が
発することのないまま奪われた言葉も悲鳴もいっしょく
　たに今は凍りついて
解かしてくれる王子サマのキスをいくら待っても

かなわないってことをわたしは知っている
でもどうしてこんなことになったのかわたしは知らない
どうしてわたしはこんなふうに死んでゆくのだろう
どうして殺されなければならなかったのだろう
まだほんの少ししかこの世界に生きていないのに
こんなに無力で
こんなにちいさい体で
そうだ生理もまだだった
九九もまだ習っていない学校から帰る途中にさらわれて
たったひとりで殺されてしまう理由なんてきっと誰も教
　えてくれない
わたしを殺した人なら教えてくれるのだろうか
なぜわたしを殺すの
なぜ殺すの
理由なんてわたしには関係ないけれど
死んでゆくのがとても不思議で
生きていたことも不思議で
この世界はわけのわからないことのかたまりだから
そんな言葉でかろうじてつなぎとめておかないと

わたしは何もない暗いところに閉じ込められたまま
どこまでもどこまでも落下して
わたしを殺す人がいるのと同じ場所まで落下していきそ
　うだったのおとうさん
おとうさん？
おとうさんなんて言っちゃったわたしを殺すのはおとう
　さんじゃないのに
もちろんおかあさんでもない
おとうさんとおかあさんに殺されるのは物語のなかだけ
　のはず
チルチルとミチル
じゃなくてヘンゼルとグレーテルわたしはいつも間違え
　る
間違えたのゆるしてください
わたしを
ゆるしてくれるのは誰なのか
ゆるされるって何なのか
ゆるくきつく白い首にまわされた肉の力
おとうさんとおかあさんはわたしをつくって

わけのわからない世界で生きていかなくちゃならなくさせて
あとで埋め合わせるように世話をしてくれました
もう一度会いたいかどうか
わからないわたしはどんどんわたしじゃなくなって
川の水が流れてゆきます
それはいつかの夜ひとり目が覚めてこっそりつけたテレビの
おはなしのなかを流れていた川みたいに始まりも行く先も失ったまま
流れていて
わたしを
殺した人はどこにいるのだろう
わたしをここへ連れてきて横たえた人はここにいるのだろうか
何か言えばいいのに
おとなしくしろとかおいしいお菓子をあげるとかおかえりとかおやすみとか
きっとそれも水音のように

わたしじゃなくなっていくかたまりの外を流れ過ぎる
だからもうこわくない
こわいことはぜんぶ終わった
ふいに近づいてきたものがこわかった
笑っているのか怒っているのかわからない顔がこわかった
わたしの知らないわたしのことを知っているよという目で見られるのがこわかった
きゅうに触れられるのはいつだってこわい
皮膚がひりひり叫んで
わたしとわたしじゃないものの境界がきしんで
わたしじゃないものはわたしにやさしくしようとしているのではなく
わたしを思い通りにしようとしているんだと気づいた
こわい
つかまえられてしまう
逃れられなくなる
痛くされると思うと体の力が抜けてどんどんちいさくもっと無力になって

ちいさく無力な体に閉じ込められて
逃れられない
わたしを閉じ込めたのはわたしの体なのか
殺した人なのか
ざらざらした世界そのもののようにわたしを押し包み
押し潰そうとする力
もう終わった
川の水が流し去る
誰かがわたしの体の上にそっと川原の石を置いた
ちいさく丸い冷たさが腿に
素足の膝に
静かな空から降り注ぐように少しずつ積み重ねられ
やがておなかの上にもひとつ
わたしは足元からやさしく毛布を被せるみたいに埋めら
　れてゆく
川原の石と同じ温度に冷える皮膚
境界はなくなりわけのわからない世界とまじりあうわた
　しはかたちをなくして
世界のひとかけらになってゆく

わけのわからないこわいものになってゆく
見つけた人は悲鳴をあげるだろう
わたしは悲鳴をあげない
わたしのこわいことは終わってしまったから
生きているのが終わるのと同時に
生きていることとこわいことは同じだった
こうして殺されなければこれからもこわいことはたくさ
　んあったのだろう
生理もきっとこわいこと
何かが終わって別の何かが始まったことを知らせる赤い
　色に泣きそうになりながら
どこか嬉しいような落ち着かない気分がこわかっただろ
う
ふくらんでくる胸が痛いのもこわかっただろうし
九九を覚えて方程式を習って
中学校に入ればふつうにいじめたりいじめられたり
毎日こんなところしか行く場所がない自分にときどきう
　んざりして
なのにバスケットかサッカーをやっている男の子を好き

になって
そうすると向こうから歩いてくるのを見かけただけで
午後の渡り廊下を照らす陽射しが特別な光のようでどき
　どきして爪先立ちになり
いっそもっとこわくなりたくて話しかける用事を探すだ
　ろう
テレビのことと飼っている犬のことと話すようにな
　って
初めて二人ででかけるのは遊園地だろうかジェットコー
　スターも観覧車もこわい
卒業前には男の子の部屋でこっそり抱きあうのだちょっ
　とこわいねと言い合って
そのくせ別々の高校に行くとすぐ会わなくなる
はやく大人になりたくて
こわいめにあいたくて
スカートを短くすると
張りつめた皮膚はすうすうと涼しくどこまでも行けそう
　で
口紅も盗んでしまう手にしたこわさを握りしめながら
子どもの頃はこわそうで近づかなかった大人の男にこわ
　そうだから近づいて
泣いたり泣かせたりやっぱりこわくなって逃げ出すとき
　には
アスファルトをヒールが貫く震動で体がぐらぐら揺れた
誰にでもできるような仕事をして
迷ったあげくつまらない結婚をしただろう
どうしてこんなにはっきりと思い描くことができるのか
下着やタオルやシーツを洗濯する洗濯機の水の渦につい
　ぼんやり見入って
顔をあげるとベランダの向こうに曇り空が広がっていた
　こと
下の道路には何かが壊れたあとのガラスが空のかけらの
　ように光っていて
ここから飛んだら死ぬのかなとちょっと考えてこわくて
　笑ってしまったことさえ
知っている
本当にあったことのように
本当にあったのかもしれない

もしかしたらわたしはちいさな女の子ではなく大人になってから
ありふれた日々をたくさん過ごしてから
殺された
だとしたらわたしはいつから
殺されるものになっていったのだろう
壊れものになったのだろう
殺されるとき
助けてって言っただろうかわたしは
壊れものになりながら
言ったかもしれないでもわたしは
誰かが助けてくれるなんて本当には思っていなかった気がする
助けてくれる誰かなんていない
おとうさんもおかあさんもわたしを生んだだけ
神サマじゃない神サマはいない
王子サマも来ない
キスのかわりに川原の石が唇に
頬に胸に置かれてゆく

知らない人が通りかかることがあるとしてもそれを呼ぶのはわたし
助けるのはわたし
一人だった
この世界で
何にも守られず
長く伸ばした滑らかな髪も
ワンピースの細かなフリルも
わたしを守ってはくれないから
こわい
それでもスキップすると耳の後ろを髪が跳ねるくすぐったさが好きで
ワンピースの裾をふくらませようと何度もくるくるまわったし
毎日かわる空を見あげた
こわいことは楽しくてたくさんの色と動きと光に満ち
流れてゆく色と動きと光がつかのま宿る
わたしの体は
埋められていま瞼にひと粒ずつ石が置かれ

微かに見えていた空も
はかなく剝がれるように奪われた
わたしのなかはからっぽになる
わたしはわたしじゃないものになって
それはからっぽで晴れた明け方の空のように青ざめている

青ざめた何かがやがて
わたしを殺した世界に向かって開かれる
その青を見あげる誰かがいるとしたら
それが新しいわたしなのかもしれない
こわい夢だと思っても
わたし、
目覚めて泣きながら学校へ行きなさい家へ帰りなさい
着換えて洗濯をして何度でも
笑いながら
わたしじゃない人を抱きなさい
壊れながら
ヘンゼルとグレーテルが残していったパン屑のようなやわらかなかけらをこぼして
逃れられない世界を遠くまで
駆け抜けていけるように

＊

半島

真昼の
海岸道路はそこで行き止まりだった
小さな港に繋ぎとめられた船はどれも古びて
今日の強い風に揺れている
半島の向こうの原子力発電所に打ち寄せていた波が
ここにも届いて白く砕ける
さみしいコンクリートの突堤に
灯台があるのがわかったけれど
そこまで歩いてゆくのはやめて
はりつめた空のあおい色
素早く流れる雲のかたちを

ぼんやり見あげた
立石
という名を記したバス停の丸い金属板は縁が錆び
バスはきっと夕方まで来ないだろう
狭い屋根に覆われたベンチに座る人はいない
どこにも行くことができずに
Uターンするバスの
くぐもったタイヤの軋みを
想像してから
引き返して歩く
日はゆっくりと橙色に傾き
来た道を海へ逸れると
路地のように細くなる坂の両側には
釣り舟屋と民宿ばかりが並ぶ
洗濯物がはためく庭の傾斜に
色褪せたデッキチェアを出して座っている人が
こっちを見る
わたしは
どこへ行くというのではありませんただ

歩いているだけここを通り過ぎてゆくだけ
と　言いわけのように伸びる影を踏んだ
海側の家々はみな
玄関も窓も奥の戸も開け放っていて
ほの暗い畳の部屋の向こうに
切り取られた海が煌く
家の中を吹き抜けてきた風が
微かになまぐさい潮のにおいで肌にまとわりつき
汗をかく
坂の終わり
家と家の間から
日に焼けた体を剝き出しにした人たちが何人も
湧き出すようにあらわれる
船が着いたのだ
海水浴場しかない沖の島で泳ぎ疲れて戻ってきた人たち
の
だるい熱が坂道にこぼれる
水島
というそこは昔は半島に連なっていた土地が

波の浸食で離れ島になったのだと
駅の案内板にあったのを思い出す
離れてしまったもの
つかのま泳ぐだけの場所
揺れる光の先にある
わたしのような
ミズシマ
わたしのからだのなかにいつもある
わたしから離れていこうとするものを
そんな名で呼んでみようか
遠い
駅へ向かう車をひろうために
わたしは
半島のような腕をあげる

指先に触れるつめたい皺

覚め際にたぐりよせるとシーツのかたちになる

指をすり抜けて崩れていく眠りのかたち
遠くで聞こえた鳥の声のようにそこにいたはずのひとは
　消え
はかない重さが耳の奥へ　躰の底へ滴り落ちる
滴り落ちる踵を床におろすわたしは夜の雫のようにゆら
　ゆらとここにいて
なにかを思い出しそうで
見慣れない部屋のドアを開け廊下へ流れ出てしまう
古いホテルの廊下はところどころ天井が低くなっていて
　わたしは巨人のように
窓の外の木立を越えてくる月明かりに滲み
いくつもの寝息に閉ざされた客室と
グランドフロアへの階段と
ひそやかなエレベーターを
過ぎる
冷えた床板がかすかにきしんだ
夜の鳥が鳴くように
わたしはなにか
探しているのかもしれない喉が渇いたのかもしれないこ

わいゆめをみたのかもしれない
もう聞こえない声を思い出しそうになる
ちいさなドア
プール／スケートリンクと記された木札のあるドアを
くぐると狭い階段の果てはふいにひらかれて
木立のなかのプールは乾いていた
けれども枯れ草と落葉に覆われた薄青いコンクリートの
　向こうに
おおきな水の膜がある
暗い空を映してまだ凍らずにやわらかく震えている
誰もいない
泳ぐには遅すぎて滑るには早すぎる季節だから
夜の奥から染み出して広がってどこにも戻れないわたし
　だから
縁まで近づいて
触れると
解かれた水はドアのように開いてわたしを抱き入れる
ひとしずくの重さになって
わたしは

沈んでいるのだろうか浮かびあがるのだろうか届くとこ
　ろがあるだろうか
そこがどこかわからないまま指先に触れる水のような空
　のような
あたらしい皮膚のような
皺を
たぐりよせると
朝のわたしはまだかたちもなくひとりつめたく
ただ思い出されるものになって
濡れた鳥の喉をひらく

給水所

ふるい王冠に似ている
コンクリートの巨きな建物に近づき
聳える外壁を見あげながら　周りを
ゆっくり歩いた
厚い灰色の内側には

大量の水が溜められているとわかっているけれどみえない
静かだ
花曇りの空が
白く揺れて
ひらいた桜の重なりあうりんかくを浮かべている
数え切れない
厚い時間の内側には
大量のなにが溜められているのか
あふれこぼれるようにほどかれて降る
花びらは無音の水
冷たい光
浴びて
ゆっくり歩いた
わたしはいつだったか王冠に似た灰色の内側にいて
そこからやってきたのだという気がする
知らない遠い惑星のような春に
わたしというかたちで降り立つと
乾いた風にさらされる

巡るうちにカサカサと皮膚は鳴り
静かに呼吸をする内側に
溜められているのかもしれないみえない水や
なにかが
揺れ
ほどかれてあふれこぼれそうになってくる

舟に乗る

むずかしい舟に乗ろうとしていた
むずかしいなんて知らずに
舟に乗りたくなって
川辺のホテルの寝床から
身を起こしたのだった
蜘蛛の巣に似た布皺のあとを頬に残したまま
繁華街を通り抜け
甘酸っぱい食べもののにおい
耳慣れないことば

点滅するネオンを
肌に絡ませながら歩くと
いつのまにか川を見失って
いそがしく車の行き交う大通りを横断してしまう
響き渡るクラクション
船着場はどこですか
簡単な地図はふくざつで
手のなかでくしゃくしゃに折れ曲がる
舟に乗ろうとしているのに
なぜ　ビルに入って
エスカレーターで地下に下りたり
エレベーターで二階に上がったりしているのか
わからなかったけれど
自動ドアが開いた向こうに
ふいに夕暮れの川があらわれて
舟のひとに迎えられ
わたしはむずかしい舟に乗った
古い街は大小の川を縦横に走らせているから
地上のひとの歩かない水の道を

舟はゆく
ゆっくりと岸を離れ
浅い夜の水をふるわせる背の低い舟
身を屈めてなかに座ると目線は水面ぎりぎりの高さで
揺れる
揺れているのはからだか
からだのなかの何かか
わたしはむずかしい舟に乗ったのだ
いくつも橋をくぐり
水門が開くのを待って
濃くなってゆく夜の縁を水鳥の白い影がよぎると
舟の屋根は開かれてくらい空がなだれこんでくる
椅子のうえに立ち上がればわたしのからだの半分は外に
あり
風に包まれる
舟の速さで
枝葉を伸ばしてゆくやわらかい植物になったよう
中州の公園にひっそりと灯りがともった
市庁舎のきらびやかな外壁

対岸の集合住宅の非常階段と室外機の幾何学的な列
誰かがレストランのテラスから舟に手を振っている
揺れながら
わたしのなかになだれこんでくる
夜
闇のなかから生まれたようにあらわれる流れを滑り
舟が引き裂いた街のかたちは水飛沫になって
舳先から滴った
明るくひびわれ
くらく静まる　波の
繰り返しはこいびとの唇のようにわたしを眠くする
夢のなかで笑って
たとえ音が届かなくても
おおきな声で呼びたい名前を思いついた気がして
思い出した気がして
わたしの
舟は岸に着く
繁華街の明かりに照らされ
知らないひとたちの音楽に満ちた地上に降りたからだが
まだくらくらと揺れてしまう
やがて川辺のホテルのつめたいシーツに横たわり
こいびとの肌
わたしの肌を
たどって
見えない流れをたどって
水を
かたちのないことばを
滴らせるわたしは
むずかしい
舟の
軌跡を夜に刻みつけてゆく

ドライヴ

短い夢から覚めるように急な坂を下ると無人駅がある
真昼の山に折り畳まれていた幾重ものカーブに揺さぶら
　れ弾んだ躰は

微かにまだ傾いだまま
いったいわたしたちはどこに来たんだろうねと呟くと年
　下の男は振り向いて
ハンドルに置いた手を健やかにひらいた
あかるい陽射しを受け取るように
軽々とひらかれる掌が眩しいのは
樹木の陰を縫いながら細い道をたどって来たあいだにわ
　たしの頬や額が
深い緑に濡れてつめたく
ほんの少し死んでいるひとのようにつめたくなっていた
　からかもしれないと気がつく
静かに
蛇行する川に沿って走り
知らない傾斜をらせん状に登って　それから下り　車を
　止めた　ここは
誰もいない　ここは
わたしがいるところ
と　名付けたっていいのだろうか冷えたドアをひらき
着地

してみたくなる　遮るもののない光に濯がれて
古い駅はシンとしている
待合室のくらい木の椅子と白っぽい時刻表
しるされた駅の名を小声で読むと
隣に立った男の声が少し遅れて繰り返す
掠れている
愛撫のように
列車はまだこない
さっき　浄水場を見たね
それから　採石場も
山には「落石注意」の看板がたくさんあった
そう　植林に失敗したところは山肌が剝き出しになって
　いて崩れやすいんだ
崩れやすい
崩れやすいのだ
幾度も　警告されながらここまできて
わたしは改札を抜け　人影のないホームの端まで歩く
消えかけた白線の向こうにぶく光る線路の向こうで
金網にからみついて伸びる草は

どこへ行こうとしているのだろう
どこかへ　行けるだろうか
眩しい
手首には　昨夜の跡が赤く残っている
ホテルのタオルは短くて
戯れのように男が結わえようとしてもすぐにほどけ　繰
り返し皮膚を擦った
そのまま　折り畳まれた夜の幾重ものカーブをたどって
揺れながらわたしは
ほんの少しのあいだ眠るひとのように目を閉じて
どこかへ　行ったのだろうか
夜は縛られることなく崩れて
落石のように訪れる朝のシーツを滑って男の寝息があか
るく
近づいてきたのだった
列車がやってくる
音が聞こえて　二両編成があらわれる
制服の女の子がホームに降り際ちらりとこっちを見た
帰るところそれとも行くところなのかぼんやりおもって
立ちすくんで見送った　列車の
風を受けて男が笑っている
秘密のあいずのように笑って　わたしたちは車に戻る
無人駅を離れ
また別の川に沿って走り続けて　夕暮れには
きっと二度と来ることはないコンビニに駐車しアイスチ
ョコバーを買うだろう
すばやく溶ける甘さを喉の奥にしまって
そこから行く先が
もといたところだったとしても
きのうまでそこにいたわたしはもういないから
着地
するそこは初めての場所なのだから
ほんの少し生きているひとのようにひらいた跡のある足
首で
傾ぎながら崩れるのをこらえ
踏みしめる
おかえりなさい
わたし

遠ざかる男の車のライトが消えてゆき
ほどかれた手首のあとも消えて
二度と見ることはない光を浴びながら秘密のあいずのよ
　うに笑うわたしを
まだ知らない名で呼ぶ
夜が
震える躰のように落下してくる

春雷

強い春の風に吹かれて
幹線道路沿いを歩いて来た
ひっそりと寒く伸びていた髪が炎のように煽られ
乱れ広がってわたしの先を行こうとするから
つめたく乾いた眼を見開いて急ぎ足になった
睫毛も頬もひびわれた唇も硝子屑みたいな春の欠片にま
　みれながら
凍える熱を宿した躰を
ここまで運び
扉をあけるわたしは獣の息を吐く
座っている男を椅子から解く息だ
たちあがる男に向かってわたしのやわらかい牙は花ひら
　く
なにも言わないで花ひらく
耳が冷えているね
男の指の触れたところからひらくわたしの肌は汗ばんで
ちいさな水滴が背中をつるりつるり滑り
ワタシハオマエヲ嚙ミシメタイこらえる
かわりに　そう指もこんなに冷えてしまったと男の首筋
　をなぞれば
そこは少し毛羽立った毛布のようにわたしを包み込み
あたためる
ねえ座っていてワタシガオマエヲ抱ク
おなかに
男の頭部を抱こう春の底に
鼻先をうずめてクセのあるかたい髪のなかで獣の息をす
　う

眠るように眼を閉じた男の躰の
かすかな珈琲のにおい
喫茶店デオマエノ隣ニイタ誰カガ煙草ヲスッテイタネ煙
　っている
それからきっと幹線道路沿いを歩き
車のタイヤが砕いてゆく土埃の粒を浴びて
少シ埃クサイオマエハ
辛い食べものを食べに行ったのだろう
遠い国の香辛料の気配が奥からゆっくりたちのぼってく
　る
遠イオマエノニオイガワタシノナカマデ入ッテクル
ねえ疲れているにおいがするよオマエ
苛立ちの粒のすっぱいにおいや哀しみに尖った苦いにお
　いが
髪に絡まっている
冷えた指の爪で梳いてあげよう
あたたまったおなかで溶かしてあげよう
オマエモわたしも
溶けあって生臭いにおいを混ぜあわせて一匹のいとしい
　獣になる
男が眼をひらく
日向の鳥のにおいがするね
呟いて微笑んだ男の唇も乾いてひびわれ淡い血を滲ませ
　る
ずっと昔ちいさな鳥を飼っていたんだ
最後はこの掌のなかで死んだんだ
カーブする男の掌に沿って
羽毛のにおいを沈ませるわたしは
春の肉に深く爪を牙をたて
うるおってゆく

通り雨

汚れた水滴のように
わたしは世界の表面を横滑りしてゆく
染み込むことなく
つるつると（ざらざらと？）

降り始めた雨の雫は走る車のフロントガラスにとまり
透き通ったまるい鳥が羽を休めるようにつかのま震え
それから
ワイパーに押しつぶされ開かれ広げられて
消えてゆく
ガラスは濡れただろうか濡れているはず
でもわたしには触れることができない
車のなかで　躰は乾いたまま
移動し続ける
午後の街路はゆっくりと濃くなって
ハンドルに手をおく男がちいさな欠伸をした
眠い？
男は黙ったまま少し笑って
たわいない悪戯の共犯者のようにわたしも笑って
助手席の窓から外をぼんやり見つめた
ガソリンスタンド
ファミリーレストラン
パチンコ屋　ホームセンター　本屋
ゴルフ練習場のネットの緑がきれいだ

素早いスピードで後退ってゆく　なにもかも
隔てられている
わたし　と　世界
隔てているガラスに　水滴が膨らんで
いくつも膨らんで　繋がって　それから
横滑りしてゆく
どこまでも
あれは学校？
じゃなくてたぶん病院
あいまいなまま行き先は生まれて
躰を運べばひとつの街は別の街にあっけなく繋がれてい
　くのに
染み込むことができないからわたしは
目を閉じるたびに汚れて
遠いところで死んでゆく誰かのことなんて本当はわから
　ない
わからない
世界の表面はあまりにもつるつるしている
それともざらざらしているのだろうか

つたない愛撫のように滑り流れるだけのわたしは
傷跡も残さずにいつか消える
曇り空の下の信号の
閃光のような瞬き
交差点の向こうで果物屋が
店先に積んだ籠を濡れないように奥へ運び入れている
たぶんもう会うことはないそのひとの
知ることのない腕が運んだ
遠い林檎のすっぱい甘さを想像しながら
運転席の男の指先に触れてみる
笑って振り返る男の
知っている体温
でもわからない
隔てられて
なにかが膨らんでゆく
抱きあって目覚めた朝の光ではなく
別々に横たわる夜の眠りでもなく
片頬に揺れる水滴の影の
これから生まれる街の名前に似た明るさ

黙ったまま
乾いた躰を傾けて
羽を折りたたんだ鳥のようにわたしは
言葉を折りたたみ
それから
世界を滑り落ちていこうとしている

月曜の朝のプールでは

つめたいみずのにおいがする
水飛沫をくぐって
深いところへ躰を沈ませると
青く塗られたプールの底に室内灯の光が揺れ
消えて届かない音のように　揺れて
薄い皮膚に包まれている体温のかたちが
浮かびあがってくる
壊れそうに
泳いでいく

なまあたたかいみずのなかを漂うような七月
駅へ向かう道の際で　さっき
短い泣き声を聴いた気がした
見あげる集合住宅の窓はどれも閉ざされていて
誰かの悲鳴　それとも
快楽の叫びだったのだろうか
どんな声だったかもう思い出せない
どこからか降り注いで染み込んだ
夏の光に似た一瞬の痛みが
泳ぐ躰の内側でまだ揺れている
わたし
だったのだろうか
クッションに顔を埋めて一人で泣いたのは
静かに食器を洗いながら悲鳴をあげたのは
わたしかもしれない誰か
湿度九十パーセントの世界で
濡れた皮膚は
隔てられ眠っていたそれぞれの痛みを
浸透させてしまうから　きっと
数え切れないかなしみのみずが
混じりあい　ひっそりと波立つのだろう

プールサイドでは
耳のなかに入り込んだみずが
届く音を歪ませる
いいえ　地上は歪んだ音に満ちあふれていて
震える耳を傾けると
飽和してこぼれた雨の最初の一滴のように
落ちていく雫は
少しだけわたしのかたちをしている

夏の獣

対岸は動物園
埃っぽい陽射しを浴びて
荷物を持ったままバス停を探した

駅から急行電車が出る時刻はまだ先だから長く引きのば
　されたた午後に
眠るように流れを止めた水路を渡り
動物園へ行くことだってできる
わたしは動物園へ行きたいのだろうか
わからないまま　水に沿って　移動していく

夕暮れのあとの曖昧な明るさが淡く空に残っている町に到着する。一人で降り立つ知らない駅前通りはふわふわと頼りない。儚い薄さの月がシーツの皺のように広がった雲の隙間に漂っているのを、ひろったタクシーの窓越しに見あげると胸の内側にあるものが吸い上げられていく。胸の内側に何があるのかなんて自分にもわからないのに。鞄の底から手探りでつかみ出したガムのミントが思いがけなく強かったみたいに、気持ちがすうすうしてしまう。

信号が青になる。背の高い並木の葉陰から外灯がオレンジ色の光を滲ませ、人影の少ない街路を満たす。ここは、どこか別の国の町に似ている気がする。広州とかチェンライとかベルリン郊外とか、色とりどりのネオンを騒がしく明滅させ続けるトーキョーよりも記憶のなかのそんな町に、近い、初めての場所。

ホテルにチェックインしてからも、しばらくはよそよそしい客室で電気をつけたり消したり、何度も鞄を置き直してはベッドに座ったり、カーテンを開けに立ったりして、からだをなじませなければならない。静かな九階の窓から、なまぬるく実った鬼灯の内部に似た夜の通りを見下ろす。ぼんやり、見下ろしているあいだに約束の男が町から湧き出すように訪れて、背中からゆるくわたしを抱く。知っていたはずの男のからだが知らない町のかたちになっている。冷えすぎた空調を切り、わたしは振り返らずに男の声だけを聴いている。

水の上を渡って
真昼の風が　閉ざされた獣の底深い吠え声を運んでくる
人の子どものはしゃぐ声か小動物の鳴き声なのか判然と
　しない甲高い音も
途切れることなく

水面を細かく波立たせ
光り輝く無数の傷を刻みしるしている
悲鳴かもしれないとおもう
暑いのに　肌が鳥肌立って
微かに獣くさいにおいに立ち止まる

何もない町だろう。男がわたしの耳の奥へ息を潜り込ませるように話しかける。そうなのだろうか。窓の下の交差点で信号が変わると車がゆっくり行き交う。コンビニの白いビニール袋をさげたひとが横断歩道を渡り始める。あの大通りをまっすぐ行くと裁判所と市役所、左に曲がると古い映画館がある、それは男のコトバにすぎなくて、地図も記憶も持たないわたしを素通りしてしまう。そう、何もない。この町で、わたしが知っているのはこの男だけだから。男のからだのある場所だけがつかのま明るんでいくのだから。その窪みを硬さを温度を、わたしのからだでたどりたい。

汗をかいたんだなと言いながら男は背後からわたしのスカートをたくしあげ、下着に手を入れる。他人の掌に触れられて太腿が湿っていたことに気づき、きょうは暑かったからねと答えようとするわたしの声が掠れてしまうのは、男の吐く息にこの町のにおいが混じっていたからだ。夕立ちに濡れた草に似た香りに包まれて、窓の縁に両手をつく。

どこかで店のシャッターを下ろすガラガラという音。わたしの吐く息はどんなにおいがするのだろう。あたたかな植物のようにペニスが入ってくる。目を閉じるとそれに触れている場所がわたしの中といっていいのか外と呼んだほうがいいのか、いつもわからなくなる。男のからだは夏の宵に沈んでいく町のように熱く、さびしい。

対岸へ渡る橋はどこにあるのだろうか
踝まで濡らせば荷物を持ったままでも楽に渡れそうな水
　流が
動物園とわたしを隔てている
いいえ　本当は隔てられてなんかいない
こちら岸を歩いていたはずの皮膚の
危うい檻に似た輪郭の内側

ひっそり蠢く　汚れた牙と逆立つ羽毛はわたしのもの
聴こえない悲鳴は夏の空を引っ掻いている

夜更けて町はやわらかく閉ざされる。ここに来る途中でどこかに寄ったか、と尋ねる男のコトバに答えることができない。動物園に、わたしは行かなかった。でもそれはここにある。引出しの奥に畳まれたシマウマ、眠いキリンは発火して、爬虫類館は崩れ落ちて甘く、透きとおる水禽舎、ラマは幾度も翻り、つかのま咲くフラミンゴ。ここに。逃れていきたいのだろうか。男は。この町は。閉ざされて、さびしい汗が町の果てに膨らんで男の顎から滴る。朝になればここにいないわたしの肩に落ちる。肌の上でふたつの水分が混じりあい、熱は溶けあって、区別できなくなる。二枚の地図を重ねるようにたやすく重ねられるからだ。わたしは振り向いて男を抱く。知らない町を抱くようにわたしのからだで。

あたらしい地図が描かれていく。シーツの皺のようにすぐに消えてしまったとしてもきっとまたあたらしく。わたしはいつのまに対岸へ渡ったのだろう。獣の声がわたしの空を震わせる。地図のように傷のように、中なのか外なのかわからないわたしに刻みしるされていく。浅い水を渡り夏草を踏む獣のにおいで。答えのないコトバで。ここに。あなたのからだが見つけたわたしの知らないわたしの路地を、あなたはわたしに教えてくれる。わたしもあなたにあなたの町を教えてあげよう。皮膚を、輪郭を、滲ませてしまうほど、たくさん。

わたしという町はそこから破れ、広がって、対岸のもっと遠くへ、いく。

墜落の途上で

掬いとられるように
目が覚めた
左の肩先だけが冷えて
どこだかわからなくなる　ここは
いつもの部屋、
生まれて育った家（ありえないそこはもうこの世のどこ

　にもない）、
ともだちのところ？
そうじゃない
十二月のホテルの冷たいにおいのする毛布が
ざわめく皮膚が思い出させてくれる
目を開けると右肩の先に　裸のまま眠っている男の
うっすら汗をかいたあと伏せられた睫毛のやけに幼い影
　が揺れて
知らない顔だとおもう　知らないひと
知っているとおもったのはきっと夢の中でのことだった
白いシーツの裾から素足を滑らせ
着地する
今日　わたしの床はホテルのカーペットに覆われてかた
　い
夕暮れの室内よりも窓の外は微かに明るく
雪が激しくなったのだろうか
足音をしのばせて窓辺へ　嵌め殺しのガラスに頬を寄せ
　ると
二十七階のフロアはふるえる灰白色の広がりのなかにぼ
　んやり浮かんでいる
漂って
どこへ行くのかわからない
何もない空中に雪はきりもなく湧き出し
あっけなく剝がれ落ちてゆく
濁った空の欠片のようだから
窓の縁に足をかけて上り　ガラスにもたれて立つ裸のわ
　たしも
汚れた雪のおおきなひとかけらのように
ここに　浮かんで
剝がれ落ちてしまいそうだ
はるか下には灰白色にぼやけた首都高速と建設中の高層
　ビル
工事現場を歩くひとの姿とゆっくり動いているクレーン
　がみえてくる
そこへ向かって
落下してゆくわたしの躰を想像してしまう
あっけなく
二十七階のフロアへと吊り上げてくれたさっきのエレベ

ーターよりずっと速い
そっけないキスさえゆるされないスピードで
空に痕跡も残さず　一瞬で
到着するだろう
剝き出しの躰は積み上げられた鉄骨の隙間のぬかるんだ
　土に
投げ出されたゴミのように
折れ曲がった腕と脚
失敗したパンケーキみたいに潰れた頭から
滲んでゆく血溜まりは羽を広げた鳥のかたち
雪のように溶けて消えることもかなわないまま
工事の音が響くその場所では誰も気づかないかもしれな
　い
いつまでも
ただ毀れている
閉じることのない瞼
眼球には何が映るのだろう
降り続く雪に濡れるうつろな硝子体には
わたしという躰がどこから剝がれたのか

何の欠片だったのか　そのとき映っているのだとしても
わたしはそれを見ることができない
降り続く雪だけを見ている
今日
二十七階のフロアで
ひとりで
隔てられ　ガラス窓の内側においた掌の際から水滴が垂
　れる
静かに
わたしの躰のどこか深いところ
わたしの知らない　触れられない場所からも
何かがこぼれ落ちてくる
あたたかい
背後の寝台で眠っている男の欠片が
わたしの体温になって
泣いているみたいに皮膚を伝い流れ出てきてしまう
濁った雪のように
白く
届いても繰り返し消えてゆく

何にもつながることのない中空へ
毀れながら
まだどこにも到着していないわたしの
墜落のような眠りを
やわらかく歪んだ鳥の影が
素早くよぎっていった

夜の果てまで

紙をまっすぐ切る練習をする。夜は長いから。紙も長く、まっすぐに切らなければならない。まあたらしい紙は薄く、力をこめてつかむと皺ができてしまう。壊れてしまう。そっと触れなくてはいけないよ。夜は深いから。ひとりの部屋は音もなく広がって、眠れなければどこまでも広がって、たぐりよせることができない。だからかわりに紙の縁をたどろうとした指が、浅く切れてひりひりと鳴り響く。そこがわたしの先端だと知らせるように膨らむちいさな血の珠。傷は見えないのに。夜は見えないのに。ここにわたしがいると知らされて痛い。紙は汚れただろうか。わたしで汚れただろうか。紙は変わりなく軽く、なにもない白さで夜に浮かび、わたしのように微かに揺れるだけ。

ハサミは冷たくかたい。にぎりしめると指先から冷えてゆく。これは切るためのかたち。かたく冷たいからだになって、傷も痛みも置き去りにすればいいと誰が言ったの。まっすぐに切らなければならない。まっすぐに切れなければわたしのどこかがまっすぐではないしるし。張りつめて、悲鳴のような笑うような声を出して紙は切り分けられる。まっすぐにどこまでも。いいえ。曲がってしまう。震えて、歪んで、切り開かれた紙の下から夜がのぞく。紙の白さに遮られ隠されていた暗い地平が稲妻のようにあらわれる。あらわになる、わたしのかたち。切らなければ。長く、紙を、繰り返し、包帯のようにしずしずと降り積もらせて、夜を覆って、まっすぐに切る練習をする。

紙は尽きても、夜は尽きないから、白くなくてもかまわない。冷えた指先でたぐりよせ、つるつると滑らかな光沢のある紙の束を、紙にしるされたカラフルな女の子たちのからだを、切っていく。微笑んでいる唇を切り、翻るスカートの裾を刻み、袖口の細かなレース模様を壊して、桃色の頬と青く彩られた瞼を裂く。まっすぐにならないから繰り返す。痛い、だろうか。さしのばされた腕、ゆるく曲げた脚、飾られた首筋、ばらばらになって解かれた彼女たちの色が、かたちが埃のように、光の屑のように渦巻いて満ちてゆく。ばらばらな彼女たちに覆われて、わたしのからだもブラインド越しの空のように切り刻まれてばらばらだ。

　痛みは遠く、傷のある指先も遠く、誰のものでもなくなったからだが、からだでさえなくなった欠片が、数え切れない眠りのように軽々と混ざって、夜に降り積もる。降り積もっていつか寝台に、部屋のかたちになるだろう。いくつもの色を滲ませて、淡く照らし出される寝台はからっぽ、やわらかな皺がカーブを描き、枕はまるく窪んで、シーツが床に垂れかかっているだろう。夜の果て。どこにもない朝に開かれる部屋。それはわたしのなかにある。

2007.11.17　池袋13：06

仕事の時間に遅れないように
駅の階段を駆け上って広い横断歩道の前に立つと曇り空
信号が青になるのを待つあいだ
きのうのちょうど今頃　駅ビルの屋上から飛び降りた女のひとが
血を流して倒れていたという歩道のあたりは振り返らない
こわいからじゃない
百年千年とさかのぼれば
たった今わたしが立っているこの場所で血を流して死んだひとだっているだろう
こわいわけじゃない
ただ　きのうの死はまだ少しあたたかくそのひとだけのものだから
そのひとのプライベートなものだから
じろじろ見たりするのは裸をのぞきみるのと同じだともう

わたしだったら見られたくない
けれど　信号がかわって動き出すひとたちの流れのなかで
わたしは振り返って池袋パルコを見上げてしまう
今朝の新聞の写真では　屋上の縁の金網フェンスから地
　上まで
白い点線の矢印がしるされていた
八階建てのビルの壁面に
『ＰＡＲＣＯカード新規会員募集中』の垂れ幕
写真にうつっていた文字がここではあまりに巨大で
躓きかける

ターミナル駅なのに池袋にはなじみがない
新宿区にある学校に通っていたのにその頃はほとんど来
　なかった
友人たちもそうだった
わたしたちの世界はまだ狭く池袋までで終わっていて
池袋から北の空間は地図上に印刷された記号として存在
　しているだけで
きっと池袋では大きな滝が流れ落ちていて世界はそこで
　終わっているんだと
みんなで笑った
今は横断歩道を渡って仕事にいく
滝は流れ落ちていないここはまだ世界の果てじゃない

わたしはそのひとと東京のどこかですれちがったことが
　あるだろうか
あるかもしれないあったとしてもおかしくはない
山手線のなかとか渋谷のスクランブル交差点とか
そのひとにとってはここが
世界の果てだった
きのうの池袋13時が果てだった
飛び降りたとき下にいた男のひとにぶつかって
男のひとは重体
そんなふうに
とつぜん現れた世界の果てに巻き込まれてしまうことだ
　って
あるかもしれない今この瞬間のわたしの足元に
大きな滝が出現してわたしの世界の果てとなったとして

も
おかしくはない
いたるところに世界の果てはある
生きものの数だけ死を降り積もらせてこの地はできている
数え切れない死を踏んで
地を踏んで
少しずつ果てを先に延ばしていくだけ
池袋13時6分
わたしはもう少し遠くまで
赤信号になる前に
横断歩道を渡っていく

席

夕暮れのレストランの二階で窓際のテーブルに座って
あまいお酒をひとくち飲むと
狭い通りをはさんだ向かいのビルの
おなじ高さにある喫茶店の窓際の席では誰かがコーヒーを飲んでいる
知らない横顔だけれど
わたしもまえにあの席でコーヒーを飲んだことがある
今日はたまたまこちら側にいるだけで
あちら側でコーヒーを飲んでいるのがわたしであってもおかしくはない
あれはわたしだったかもしれない

ずいぶんまえに遠い国で船に乗って川を下っていたとき
川辺に繁茂する植物のかげに男の子がひとり立っているのが見えた
ぼんやり船を見送る裸の上半身が濃く日に焼けているのがわかって
すぐに見えなくなった
あの子は一生べつの国に行くことはないかもしれない
もしかしたら生まれた村よりほかの場所を見ることもないかもしれない
あの子とわたしはたった一度すれちがって

きっと二度と会わない
でも
わたしはあの子だったかもしれない
通り過ぎてゆく船に乗っている方がわたしだったのはた
　またまで
川辺の村で一生を過ごす男の子に生まれていたとしても
　おかしくはない
それはどんな感じがするだろう

わたしではないわたしよ
今日のコーヒーはおいしいか
川は穏やかに広々と流れているか
あまいお酒はこの体を流れ落ちてどこか見えないところ
　へ染み込み
滲んでゆく
向かいの喫茶店の下の八百屋には明かりが灯り
ならんだ秋の果物のいくつもの形と色を輝かせはじめて
　いる

幻の馬

子どものころ家の近くにポンプで汲み出す井戸があった
　よね
天麩羅屋で飲みながら話していたら　弟が
そういえば近所の道で馬に乗ってるおじさんがいたなあ
　と言った
ええっ何それ　わたしそんなの見たことない
ビールがひとすじ口の端をつたう
弟とわたしは六つ違いだから
わたしが覚えていて弟が記憶していないことがあっても
　自然だが
弟が覚えていることをわたしが記憶していないなんてあ
　るだろうか
夢なんじゃないの
いや何度も見たからと弟は笑う
ふつうに交通手段としてその人は馬に乗っているんだな
　と思って見てた
自転車に乗るように？

自転車に乗るように。
遠く離れた場所で　運ばれてきた盛り合わせの衣の中身
　は何だろうと探りながら
子どもの頃に歩いた道を思い浮かべる
ザリガニのいる側溝
田圃と畑の縁をめぐり三叉路の角には地蔵の色褪せたよ
　だれかけ
木立を抜けて届く鶏舎の日向くさい生きもののにおい
内股のクセのあるちいさな足
補助輪つきの自転車
その横に馬と馬に乗った男を思い浮かべてみる
どんな馬だったの、農耕馬それとも競走馬みたいにきれ
　いな?
うーん、ふつうの。
弟の箸がサックリ切ったのは茗荷だった
あの道はもうない
埋められた田圃の上に家が並び建ち
広びろとまっすぐな舗装道路が通って
学校までをうつむいて歩いた内股の子どもはいない

馬が追い越してゆく
男を乗せたまま消えてゆく
油の染みたアスパラガスを前歯でかじる
同じ家で眠って起きて同じ場所で暮らしていたと思って
　いたけれど
弟は馬のいる町で生きていて
わたしは馬のいない町で生きていたのかもしれない
別々に
……ハハに電話して聞いてみようか?
弟がメニューを開いてお茶漬けか蕎麦かで悩んでいる間
　に
電波はわたしと弟のいない町につながり
母親の声がこたえる
馬は見たことないけどそういう噂は聞いたことあった気
　がするね
携帯電話を閉じてから弟とわたしは笑いあい
おいしいともおいしくないとも言わないまま蕎麦をすす
　って
店を出る

井戸の底のような夜
弟はちょっとだけ考える顔をして
じゃあ来週、法事のときに。
駅へ向かった
来週
今はまだないその時間に
わたしたちは馬のいない町にいるだろう
そのときも　わたしのなかにはもうどこにもない町があ
って
弟の言葉から生まれたどこにもいない馬が
ゆっくりと横切ってゆくだろう

午後の突起

ターミナル駅で乗り換えて一駅
女友達にもらったメモは曇り空の午後に湿って
確かめるうちに手のなかでくったりと滲む
大きな交差点を直進し
住宅街にある美術館までは徒歩八分
小学校を過ぎたあたりでガソリンスタンドが
見えてくれば左折のしるし

　　　　　　　　ああ伝染性軟属腫ですね
　　　　　と　急に軽やかな口調になって
　　　　皮膚科の医者は言ったのだった
　　彼の目の前でスカートを太腿まで
たくしあげたわたしの頭のなかでは
デンセンセイは「伝染性」という文字に変換され
　　不吉な響きで縁取りされたけど
そのあとはほとんど聴き取れない音のまま散らばり
　　　　　　　　途方にくれていると
いわゆる水イボですあなたプール行ったでしょう
　　　　　子どもがたくさんいるような
　　医者は微笑みながらピンセットをつかむ

横目で見る小学校のグラウンド
見たことがあるような気がしてくる

通りの向かいに掲げられた商店街入口の古ぼけた看板も
まえにここに来たことがあっただろうか
わからないまま
左に曲がり細い道を進んでいくと美術館があらわれる

　　　　取ってしまいましょう
　　　取っちゃえば大丈夫すぐ治ります
そういうものなのかそういうものなのだろう
　　看護師がうすいカーテンを引いて
治療台に横になるわたしの太腿にピンセットが
　触れたと思った瞬間にはもう終わっていた
　　　　　　　　　　　あっけなく
　　摘まれ引き離されたわたしのからだの
　　　　　　　小さないちぶぶんを
　帰る前にせめて見ておけばよかった
絆創膏がズレたのなんか気にしていないで

こぢんまりした美術館の
見たかった見たことのなかった絵の

平らな線と色で描かれた山や猫や冬の夜を
目に映しながらひとめぐりして
入ったところから出てゆく
思い出していく

　　歩いて帰るあいだに微かな痛みも消えた
絆創膏を剥がすとさっきまでそこにあったはずの
　　　　小さな突起はなくなっていて
　　不思議だ突起に気づいたときはそれこそが
　　　　　　　　　違和だったのに
しばらく放っておいたからいつのまにか馴染んで
　太腿を撫でていく指が突起に触れないことが
　　　　今は落ち着かないなんて
　　あれはすでにいくぶんかはわたしだった
取るときちょっと痛かったその痛みのぶんだけ
　　　　あれはわたしだったのだ

来た道を逆に辿り
引き返しながら　思い出す

この町に来たことがあったずっとまえにいちど
手をつないだまま男の部屋に駆け込んで
なにかが可笑しくて笑いながら抱きあったときの
カーテンの向こうで揺れていた午後の光の明るさを
思い出していく

　かさぶたが覆って剥がれて痕もやがて消えるだろう
　取っちゃえば大丈夫すぐ治ります　と医者も言った
　　　　　なにもなかったみたいに
ほんの少しだけ血の滲んだ絆創膏をまるめて捨てながら
　　　　　　　　泣いてみようか
　　　　こんなにあっけなく消えていくわたしの
　さっきまでいくぶんかはわたしであった突起のために

だけどあの部屋がどこにあったか
どの道を曲がったのだったか
わからないまま　駅に着いてしまう
わたしの体が描いたはずの小さな突起に似た道筋は
忘れられ　失われて
もうどこにもない
そういうものなのかそういうものなのだろう
取り戻したいわけじゃない
ただどこかわからないところが
微かに痛いような気がして　空をあおぐ

雨が　降ってくる

おかえり

誕生日おめでとう、と帰ってきた男がにっこり差し出し
　たのはひとかかえもある箱で
反射的に受け取りながら予想外の重さに二、三歩よろめ
　いてありがとうを
言うタイミングを逸してしまったけれどそれはわたしの
　誕生日が九ヶ月以上も先で
いっしょに暮らして何年にもなる男が間違うわけはない
　のだからもしかしたら

自分が記憶違いをしているのだろうかと一瞬考えたから
だけどもちろんそんなはずはない　にっこり
ばりばり包装紙を破り開くと水槽が
あらわれる　誕生する
でもからっぽ
ここにはきれいな熱帯魚もかわいい亀もすてきなカメレ
　オンもいないから困って
とりあえず　映らなくなったテレビのかわりにテレビ台
　に置いてみると意外と似合う
おなじようなものかもしれない
そういえば　ずいぶん前に壊れたテレビを男と二人で抱
　えて粗大ゴミ置き場に
捨てたあのときはコドモを森に捨てるみたいで何度も振
　り向いてから二人で
走った夜明けの空の壊れものめいた青が肌にうつってい
　つまでもとれない気がした
着替えた男はテレビ台の前のソファで缶ビールを開ける
隣に座ってからっぽの水槽をいっしょに眺めるのもいい
　だろうけどせっかくだから

入ってみることにした
右足で跨ぎ左足をおさめ　微かにきしむ音がしたのは水
　槽かテレビ台かわたしか
膝を抱えるかたちでまるくなるとちょうどよくあてはま
　る
ウレシイコンナノ欲シカッタンダと言ったのはわたしか
　テレビ台か水槽か
ひんやり真新しい水に触れるようで硝子板がきゅうっと
　腕や足裏に吸いつく
意外と　いい
男は笑ってビールを飲みテレビを見ていたときとおなじ
　顔でぼんやり水槽を見ている
パジャマになってから何となくまた入ったらそのまま気
　持ちよく眠ってしまったので
当然のなりゆきとして次の日からそこがわたしの巣にな
　り
外から戻るとただいまと言いながら鞄を投げ出し服を脱
　ぎ捨てておやすみなさいと水槽に
入る

きゅうっ
帰って来た男は静かにソファに座り開けた缶ビールを飲
　み干しながら眺める
眠っているわたし
からっぽの水槽
それとも映らなくなったもうないテレビの画面
ぼんやりして
ただいまおやすみなさいオカエリただいまおかえりオヤ
　スミナサイおかえりおかえり
誕生する
わたしのなかにはなにもない
壊れたら　こんどは一人だから台車がいるだろういつか
　粗大ゴミ置き場まで行く男の
誕生日には台車をプレゼントしておいてあげようおめで
　とう
ただいま　肌は夜明けの青いいろ

世界の雫

銀色にひかる蛇口から
朝を貫く水の柱が伸び
つなぐことのできない指のように揺れている
冷たくて
体の奥のほう
さっきまで夢だったところが
ぼんやりと痛い
やわらかな草に覆われた空地のような場所
隔てられて触れられないそこに
ちいさな虫に似たわたしがうずくまり
こっそり鳴いているのかもしれない
それをカナシミと呼ぶのだよ　と
誰かに言われた気がして顔を洗う
そこから見上げた空は
今日も薄い青を震わせているだろうか
濡れたままの手でコップに水を受けると
透明な縁からあふれこぼれ

一息で飲みほす
すこし苦しい水が
わたしに降り注ぐから
これを生キルヨロコビと呼ぶのだよ　と
呟いてみた

水のさき　ゆびの先

橋を渡りながら
あなたは水位のことを話した
夜のあいだ降り続いていた雨が
太く束ねられて海へとうねり流れてゆく
嵐の翌朝
眠りの浅瀬では耳に滴り落ちる音でしかなかった水が
こうして肉のような塊になってちぎれた草木をさらって
　いくのを見送っていると
ほんの少し身を乗り出せばわたしの体もたやすくさらわ
　れるだろうと想像すると

もう消えてしまって
どこにもいなくなったみたいに
無口になって
遠くの空が綻ぶように閃くのを見あげる
なにもない向こう側が光る

立ち止まったあなたは欄干にもたれ
やわらかく上流を指差した
　見える？
いちど振り返ったあなたの視線を追って
わたしの目も上流へ遡りはじめる
　川が左へ蛇行しているところに緑の屋根があるでしょ
　う？
水平に伸ばされたあなたの白い指の先に
目をこらすとあらわれる色
　窓がみっつ並んでいる二階建て？
指のうえを助走して
まっすぐに滑空したわたしは真ん中の窓へ飛び込んだ
　そう、それがわたしの家

あなたのいるところがあらわれて
そこがわたしのいるところになる

その窓からあなたが見ているもののことを考える
わたしが見ているもののことを
昨日の草
今朝の雲
岸辺の鳥や
今は青いシートに覆われている建造物
そこからは見えない海
茶色く濁った水がどれだけ注ぎこんでもあふれることの
　ない海のことを
考えて

ゆっくりとわたしたちは橋を渡り
午後のお茶を飲みに行く
わたしのいるところ　と指差すはずのわたしの指は
ゆるく曲げられてコップの縁に触れるだろう
透明なつめたい水を飲み干して

わたしは
水位のことを話そう
ことばのゆびのうえを助走し
揺れてうつりかわる草の色
風に運ばれる雲の速さ
川面を震わせて飛ぶ鳥の声
壊れていくのか造られていくのかわからないものたちを
　越え
やがてなにもないところへと
離陸できるように

半島の地図

夏に歩いた海沿いの道を
指でたどる一人の夜
秋の紙はひんやり滑らかに
乾いている
そこからはもうどこへも行けない半島の先端で

立ちどまり見あげた空の下
あふれこぼれていた水分は
いったいどこに仕舞われてしまったのだろう
波が削り取っていったという離れ島が
あのとき沖に光っていたけれど
地図には載っていない
（ミズシマ）
記されなかった名を発音する唇が微かに
震えながら開かれるから
指は紙を離れ
秋のテーブルの葡萄をひと粒つまむ
塞がれて
あまく苦く深まった水を
夏のくちづけに似せて唇へ運ぶと
夜の光を連れて滴り
半島のような腕をたどって
冷えた地図に
わたしの熱を小さくまるく記していった

＊

留守

窓の向こう
商店街が西日のあかるいむらさき色に覆われていくのを
　ぼんやり見ていて
焦がしてしまった鍋　の　底を擦ると
冷たい水が薄茶に濁りながら流れる　ふいに
思い出す
わたしの子どもはどこにいるのだろう
わたしたちの子どもは
ずっと前　こんな西日のなかで生まれたのだったかもし
　れない
非常階段の三段めと四段めのあいだで
もうない団地のゴミ置き場に面した薄暗い非常階段の
四段めに坐っていたのはわたし
七歳で
短いスカートの下でお尻がざらざらする金属の階段に冷

やされていく
それが　温い部屋でオカアサンにおやつをもらうより好
　きだったから　ひとりで
いつもそこにいた
いつも　誰も来なかった　そんな何もない場所へ
やって来たのはあなただけ
わたしより背が低かった　非常階段の五段めに届いてい
　なかったから
たぶんまだ学校に行ってなかったのだ
ゴミ置き場の陰からあなたがあらわれたときおおきなカ
　ラスだとおもって
立ち上がったわたしの四段めがカアンと響き
わたしたちは同時にびっくりして逃げ出そうとし　同時
　にやめた
あなたは両手にレーズン入りのパンを一個ずつ持って
黙って三段めに坐って
暗くなるまでわたしたちはそのまま
次の日も　そのつぎのひも
あなたの名前をわたしは知らない　いまも

うつむくあなたの小さな後頭部だけが見えるよう
あなたはパンのレーズンとレーズンのまわりだけほじっ
　て食べていた
あまみがむらさきいろになって滲んだところ
食べ終わると残りは三段めの隅に捨ててゆく　次の日も
そのつぎのひ　「おるすばんのぶどうぱん」　と呟きなが
　ら
怒っているような顔で右手のレーズンパンをわたしにく
　れた
だから
あなたのお父さんかお母さんが
あなたをひとりにするとき置いてゆくレーズン入りのパ
　ンの味を
わたしも知っているあなたの名前のかわりに
黙って　非常階段の三段めと四段めで　わたしたちは西
　日を浴び
誰もいない　何もない
はじめたのはあなただったか　わたしだったか
食べ残したパンの白いところをむしって握りしめて粘土

のように
手でこねて形にする
ふたりがかりで　手の脂とつばでやわらかくのばしなが
　ら怪獣を作り
動かしながらお人形に作り変えそれから飛行機にする
パンだったものは薄茶いろになっていくけどかまわない
わたしたちは夢中になって
まだ声を潜めて笑うことができなかったから口を開けて
　はあはあいった
へび　ちがうよこれはクレーン　こんどはヘリコプタあ
よだれが垂れて　とり　のなかへ吸い込まれてゆく
階段から浮かせたお尻が温まってゆく
おるすばんのぶどうぱんはなくなり
わたしとあなたで作り出したものがあらわれる
きりんの　電車の　おほしさまの　さかなの　おとこの
　このおんなのこの
ふあんていなかたち
わたしたちの子ども
いまは　どこにいるのだろう
西日の時間が終わって部屋は暗くなっている
焦げついた鍋はきれいになった
手を拭いて
部屋の灯りをつける
わたしの子どもはどこにいったのだろう
非常階段にはえいえんに七歳のわたしが坐っている
（『半島の地図』二〇〇九年思潮社刊）

散文

まばらな草地をさまようように

　ぼんやりしている。記憶も、「私」も、世界も。思い出そうと手繰り寄せてもそれは薄れかけた夢の中の建物のように頼りなくとらえがたい。私にとって、子供時代をくっきり覚えていて細部まで語ることのできる人というのは驚異だ。こういう家に住んでいて、部屋にはこういうテーブルがあって、おまるに坐って窓から外を眺めていると隣の家のおばあさんがいつも庭に洗濯物を干していて……というようなその人の個人的な、はっきり言ってしまえばどうでもいいような話でも、それが子供時代のこととなると生々しい鮮やかさで迫ってくる心地がして聞き入ってしまう。私の中にその子供の感覚が宿る。果実の強い色が舌に染みつくみたいに。中毒になりそうだ。ねぇもっと話して、他に覚えていることは？　いちばん古い記憶は何？　などと。

　私の記憶、子供の「私」はそんな強さは持っていない。ぼんやりしていて、あいまいで、弱々しい。たぶん、あの子供はそんなふうに生きていたのだろう。弱々しく、ぼんやりと、「私」と世界の境さえあいまいなままに。年齢が二桁になる頃までそんな感じだったと思う。ものごころつくのが極端に遅かったと言うべきか。覚えていることはとても少ない。

　保育園の薄暗く広い廊下。その緩やかな傾斜。両側は壁だ。上るとすぐにつきあたり、そこから左右に伸びる狭い廊下の片側に教室があり、もう片側には外につながる窓が並んでいたのだろうと推測できる。「私」は五歳。傾斜のいちばん下の壁際に何をするわけでもなく突っ立っている。傾斜の上の曲がり角から現われた男の子が一人、私のいるのとは反対側の壁に寄りかかって身をねじり、ウッ、ヤラレタァのフリをしながら下りてくる。何か、ごっこ遊びの途中なのだ。でもそれは「私」にはサイボーグ009が傷ついて火にまかれながら逃れていくシーンに似て真に迫って感じられ、どきどきする。

　それがかたちとして残っているいちばん古い記憶。不思議だ。あのどきどきは官能だった（かといってその男の子を好きになったりは全然しなかったけど）。

保育園のお昼寝の時間、「私」は眠れない。今に至るまでものすごく寝つきの悪いたちなのだ。体育室だろうか、広い場所でそれぞれがタオルケットか薄い毛布のような小さな寝具で並んで横たわっている中、他の子たちが眠っている気配を意識しながら、ただじっとしている。取り残されたような気持ち。起き上がってどこか別の場所へ行って一人で遊ぶ、という発想は「私」にはなかった。とにかくぼんやり生きていたのだ。

午後、帰る前になるとプラスチックのコップに一杯ずつなまあたたかい白い飲み物が与えられる。そのにおい。あれは脱脂粉乳だったか。好きとも嫌いとも思わなかったたどっちつかずの奇妙な甘さ。

食べ物の好き嫌いは多かった。というより肉も魚も嫌いで、野菜もかぼちゃやなすや白菜など苦手なものが大半、卵かけごはんは好きだったのだけれど生卵を食べると蕁麻疹がでることが判明して禁止されたのだから、いったい何を食べて生き延びたんだかよくわからない。子供の「私」が拒絶したもの。消えていったもの。今の私なら食べることのできるすべてのもの。

けれども、一年間しか在籍しなかったのに休んだ日のほうが圧倒的に多かったせいで行けば絵シールを貼ってもらえるれんらくちょうがどの月のページもまばらで薄い印象になってしまった（六月のシールがカタツムリだったか紫陽花だったか、それさえ思い出せない）のと同じように、五歳の記憶はまばらで薄い。たどろうとすると、茫漠と広がるまばらな草地をさまようようなあてどのなさが襲ってくる。

保育園を、そして小学校に上がってからも低学年の間はずっと欠席がちだったのは、拒否するとかサボるとか何か意志的なことをしていたわけではなく単純に体が弱かったせいだ。未熟児だった私は第二次性徴期あたりまでひ弱で、痩せて、小さかった。

そう、冬の夜半、身籠っていた私の母は間借りしていた二階の部屋から階下の手洗いに立ち、そこで破水した。彼女は「破水」ということを知らなくて、何が起こったのかわからないままパニック状態で階段を駆け上がり驚いた夫が車を呼んで病院に運び込んだ翌朝、難産のあげく予定日より一か月ほど早く出産した。赤ん坊は未熟児で保育器に入れられた。硬く透明な壁で外界と隔てられ閉じられていたときの記憶はもちろん私にはない。微妙に歪んだ透明さの向こう側に果てしなく広がる恐れに満ちた世界へまだ入ってはいかず、中途半端な位置に横たえられてただぼんやり外を見ていた無力な視線を思い出すことができたら、面白いと思うのだが。

六畳と四畳半の市営住宅に住んだ。父母《ちちはは》と「私」。隣の家の庭には鉄棒があり、男の子の二人兄弟がいた。彼らの母親は黒い縁の尖ったような眼鏡をかけていた。「私」は時々隣の家へ遊びに行った。

あるとき彼らは私の目の前で和箪笥の引き出しを下から順にひっぱり出し、階段を上るように、いや私の印象では岩山の崖をよじ登るようにだったのだが、楽しげに歓声をあげながらてっぺんまで行ってしまった。「私」は驚嘆し、ショックを受けた。うちにだって似たような和箪笥はある。だけどそんなことやったこともなければ思いつきもしなかった。箪笥を岩山に変えてしまえるなんて。こんなふうに世界を自分で改変できるなんて（素晴らしい！）。「私」は世界に対して受容的で、積極的な働きかけをしない子供だった。結局、自分の家の箪笥で登山遊びをしたことは一度もない。

隣の兄弟の下の男の子のことをよく覚えている。同い年で、同じ保育園に「私」より一年早く通い始め、同じ小学校に入り同じクラスになった。もうすぐ小学校に入学という頃、保育園で最後に受ける集団予防接種のために並んだ列の中で「私」の前にいた彼は、まもなく順番がまわってくるというところでぱっと振り返り、「ぼくもガマンするからはるみちゃんも泣いたらあかんで」と言った。「私」はうん、と答えた、と思う。で、彼の次にさしだした腕に針が刺されても約束どおり必死で泣くのをこらえた。それ以前の注射で泣いた記憶は失われているけれど、そのとき初めて泣かずに注射を受けられたとはっきり覚えているということは、それまで「私」はよほどなさけなく泣いていたのだろう。

その男の子がいっしょに遊んでくれたおぼろげな記憶のいくつかがゆらゆらと揺れる。

小学校一年だったか二年になっていたか、席替えで彼が「私」の隣の席になったことがある。大勢が教室の中をあちらからこちらへ移動するざわめきがおさまりかけた頃、「はるみちゃんもぼくが隣のほうがええやろ」と彼はにっこり笑った。「私」はコクコクとうなずいたはず。確かに。確かにそうだ。隣に彼がいれば心強い。でも「私」はそんなふうに言われるまで自分が心細く居心地悪い思いをしていることに気がついていなかった。近所に同じ年の女の子がいなくて年上の女の子たちに無理して混じって遊んでいてもいつのまにか外されてしまい、学校は休むことが多かったせいでたまに登校すると教室の入口でクラスの男の子たちがおお⁉来た来たと大きな声で言うのをぽかんと聞いたりもし、授業中はもちろん口を開くことなく休み時間も話す相手はとても少なかったのに、「私」は自分の心細さや居心地の悪さを自覚さえしていなかったのだ。

まだ世界も「私」も輪郭があやふやすぎて、とらえることができなかったのだろうと思う。あるいは、好悪にしろ快不快にしろしっかり対峙して認識するには外界はあまりに恐ろしく痛く、あの子供はそれに耐えられなかったのかもしれない。だからひたすらぼんやり、あいまいに感覚を保留にしたままやり過ごしていたのだ。そんな状態で経験したことがらが記憶にほとんど残らないのは当たり前だ。

隣の家の男の子はそういうなさけない生キモノを時折庇護しようとしてくれた。薄い記憶の中にあってくっきり残っている二つのシーンとことば。あわく庇護されているという微かに甘やかな幸福感がたちのぼってくる。人の顔と名前を覚えるのが極端に不得手な私にはめずらしく、その子のことはよく覚えている。

名前を呼ぶこともできる。その頃の顔なら今でもちゃんと思い浮かべられる。

なぜ庇護されているという甘やかな気分は親に関する記憶の中に存在しないのだろう。別に虐待されたわけではないのに。殴られたり大声で怒鳴られたりした覚えだってないし、ごくふつうに穏当に育てられたほうだと思うのに。ただ、核家族の中では夫は妻を妻は夫をこの世でいちばん大事に思っていたから、私のことをいちばん大事としてくれる人はまだどこにもいなかった——なんてことを、あの子供が考えていたはずはない。もちろん。ぼんやり生きていただけだ。

その頃に撮った写真を見ると、なさけない子供はこの上なくナサケナイ顔をしている。カメラの向こうにいるのは父か母か、そうでなくても「私」を可愛がってやろうという気持ちのある大人だろうに、おびえきった表情で、父や母に抱かれたり手をつないでもらったりしていて何がそんなに恐ろしいのか、不安のあまりゆらゆら揺れて焦点のさだまらない目つき。まれに、「笑って」と言われたのだろう、笑おうとして口角をぐいと引き上げている写真もあるが、当然それは微笑みには見えない。

可愛くない。

貧相な体や細い糸屑じみて縮れ絡まったあげく短く切られた髪や顔の造作を問題にする以前に、過剰におびえる様子の子供というのはまったくもって可愛くない。

でも、それは「私」だ。その子供は今も私の中にいて、いやそれどころか私の本当の姿というのは今でもそのようであるのかもしれないという考えが突然やってきて、慄然とする。

内気で人見知りが激しくておとなしい子、というのがその子供に対する共通した（かなり好意的な）評だ。ヒトも含めて動物の幼児が丸く愛らしい様子をしているのは、反撃する力のない期間は可愛さによって敵の攻撃欲をそぎ保護欲をそそらせるためだという説が本当なら、「私」という子供はとことん無防備だったといえる。よくまあ生きてこられたね、おまえ。子供時代の写真を目にするとそんな苦い笑いばかりがこみあげてくる。

六歳。弟が生まれた。弟はぽっちゃり丸い赤ん坊で人なつこくよく笑い、可愛かった。私は（「私」は？）少しほっとした。かもしれない。父と母以外の、もう一人の存在の出現。

あの頃と今とが地続きだなんて、何だか腑に落ちない心地がしてならない。

小学校の一、二年のとき数少ない遊び友達の女の子が同じクラスにいた。「私」の家のほうに遊びに来ると二人で家の前の山へ行き、幹の曲がった二本の木が並んでいるのを見つけてそれにまたがり「二人のお姫さまが馬に乗ってお城へ帰るところ」をやったりした。向こうの家へ遊びに行くこともあり、その家に入ると自分の家とは違うにおいがするのが不思議だった（ちらかっていると感じたことも覚えているけれど、今思うとあれはふつうだ。自分の母のきれい好きがほとんど病的な域に達しているとは大人になってからでないと気がつけない）。そこで遊んでいたとき、彼女がふいに「大きくなったらいっしょにデザイナーになろう」と言い出したことがある。デザイナー。何かよくわからなかった。戸惑っているうちに指切りが始まっていたが、「私」はデザイナーという響き以上に、大きくなったら○○になるというのが全然ぴんときていなかった。針せんぼんのーます。

過去や未来はなく、おぼろな現在の中だけで生きていた子供。あの子供もきっと、自分というものが今のこの私につながっていくなんて腑に落ちない心地にちがいない。

三年生で別々のクラスになるまでしばらくの間、彼女と「私」はノートを交換してはたくさんの女の子の絵を描きいろんな服を着せた。そうしながら「私」は、絵を描くのも服を考えるのも自分にとっては喜びにならないと、まだよくわからないでいた。

言うまでもなく、私はデザイナーにはならなかった。彼女がなったという話も聞かないから、針は飲まなくてもいいだろう。

小学校三年と四年の間に隣の家族が引っ越していった。「私」の庇護者は転校してしまった。それ以後二度と会っていない。

年齢が二桁になった。

突然「授業中に答えがわかっているなら手を挙げて言った方が得なんだ」と悟った。いやに計算高い悟りで、笑ってしまう。第二次性徴期にさしかかるにしたがって「私」は体重と口数を増やし、欠席日数を減らした。成績が急に上がり学級委員になった。外界との境がくっきりし、「私」の輪郭も世界の輪郭もくっきりし、何もかもがやけに平板でわかりやすくなった。「いっしょにデザイナーになろう」と言った彼女と五年生でまた同じクラスになったとき、彼女の気に障ることを知らずにしてしまうと次の休み時間からクラスの女の子全員が「私」と口をきかなくなることもわかった。びっくりしたけど「私」は泣かなかった。あまりにわかりやすかったから。わかりやすすぎることが悲しいと感じられるのは大人になってからだ。テストのときこっそり彼女に答えを教えたりすれば次の休み時間には何事もなかったかのように女の子たちは「私」を迎え入れる。なんて簡単なのだろう。

この頃からの記憶はそれ以前とは比較にならないほどちゃんと残っている。だけど思い出してもつまらない。写真の「私」からもおびえた表情は消えている。でもすごく嫌な顔。あの子供は、ものごころつくといきなりつまらなくて嫌な奴になったのだ。そいつは十五歳になるまで「私」を支配した。十五歳で、ふたたび「私」の輪郭が揺らぎ世界が得体の知れない空間として広がっていくまで。

ぼんやりとして弱々しくてナサケナイ子供だった私。〝あの頃の「私」を今大人になった私が抱きしめてやりたい〟だなんて、私は全然思わない。ただ心の中で、黙ってあの子供と向き合ってみる。わけのわからない恐れとかたちのない不安に満たされた目。そこに「世界」があるのかもしれないと思う。その無力な視線を受けとめることができなければ、そういう強さがこの体の内に育っていなければ、私はここで生きていくことができない。そんな気がしてくる。

（詩誌「トビヲ」Vol. 19、一九九九年九月）

水と空をめぐって

太陽が海に沈む場所で生まれて育った。

日本海に面した小さな町。町を貫いて流れる二本の川が海へと流れ込む河口近くに架かった二つの橋を渡って学校へ行き、友達と遊びに出かけ、帰って来る日々を十八歳まで私は過ごした。それはたしかに私のはずなのだけど、今こうして窓の下に海や川はもちろん水たまりさえ見えない東京の部屋で思い出すと何だか妙な気持ちになる。ここでは、太陽は高架道路の向こうの知らない建物の背後から昇ってきて、いつのまにか商店街の果てのちがう建物の陰へと消えていく。あの町では、太陽は必ず海に沈んだ。私はそれを見るのがとても好きだった。

その町より他で暮らした経験もなく生きていた頃にはよくわからなかった（意識できなかった）けれど、背後に低い山並みが迫り、目の前は両腕で囲われたかたちの湾だった町では、いつもやわらかく押し狭められるような息苦しさが充満していたのだと思う。徒歩で、自転車で、橋を通り過ぎるとき私はきまって海へ開かれた方角をぼんやり眺めやった。ときには自転車から降り、立ち止まって。つかのま、そうしているときだけ私は広々とその場所から解き放たれていくような気がした。トラブルを抱えていたわけではなかったし、ここから出て行きたい、と具体的な言葉にしたことも考えたことも一度もなかったのに、私の身体のどこかはもうそんなふうに感じていたのだろうか。ずっとあとになって、『台風クラブ』（相米慎二監督）という映画の中で工藤夕貴演じる中学生の女の子が「閉じ込められたまま年とって、それで土地の女になっちゃう……」と言いながら泣き出すのを見たとき、突然、しゃがみ込んで泣いているのがまるで自分のように苦しくなったことがある。

でも、あの町の夕暮れどきに橋の上から（だけでなく砂浜や突堤や学校の屋上や、他のどんな場所からでも）海に太陽が沈んでいくのを見ているのが好きだったのは、単純にそれがすばらしくきれいだったからだ。晴れた日の河口付近の水はゆるやかに波立ち、潮や風のかげんでは海から川へ向けて遡るように動いていたりもした。滑らかなゼリィのように（それはいったいどんな味がするのだろう）盛り上がっては崩れ、窪んではまた伸び上がる水の動きがいっときも止まってはいない模様として面に刻まれている川と海。水は太陽の光に染まり、金色から朱色、瑞々しくまだ黄味がかったゴールデンオレンジからもっと深く熟しきった濃い蜜柑色までをちらちらと揺らし続け、あいまにさっと青や緑の冷たい輝きを閃かせる。それは本当に空の色が映っているだけだったのだろうか、空が水の色をまねていたのではなくて？　振り返ると背後の山並みの際では空はもう透きとおるような藍色に濃く夜の暗さを滲ませはじめているのだけれど、水に触れるあたりに燃え上がる火の色がまだ勢いよく吹き上げられていて、ふりあおいだ頭上では膨らんで重なりながらゆっくりと流れていく雲の縁が薔薇色に透けていた。

なぜだろう、あんな夕焼けを私は他で見たことがない。空気のちがいとか、微妙な要因が作用するのかもしれない。何年か前モロッコを旅行した折、砂漠へ向けて走る車の中で落日の時刻となったときは遮るものの何もない三六〇度の地平線の夕焼けを体験したのだが、そのシチュエーションはめったにないものだったから感動してしまったものの、空の色合いは意外にも単調で大味だった。まあ、三六〇度の空があれほど複雑に混ぜ合わされた色で刻々と移り変わりながら光り輝いていたとしたら、ほとんど苦痛になってしまうかもしれないけれども。だけど毎日のように海に沈む太陽が残す夕焼けを見て、見ている意識さえなくその中を歩いたり走ったりしていた頃は、特別なものだなんて思わなかった。

大学に入って東京で暮らすようになってからもしばらくは気づかなかった。あれは何月だったのか、まだ夏が来る前だった。授業を終え、キャンパスにいくつもある校舎のまだ入ったことのない一つを子供じみた探検気分で歩いていたときだったと思う。ひとけのない階段の踊り場で、膝ほどの高さにある窓から夕暮れの西日が射し込んでいた。足首のあたりへ斜めに落ちかかる橙色の光が強力な糊のように私の歩みを止め、誰もいないのをいいことに私は踊り場に跪いて低い窓のガラス越しに東京の夕焼けを見たのだった。……虫刺されのような空だと思った。蚊か何かに刺された皮膚の中心が赤くなり、そこから周囲にぼうっとした赤みが散っていく、そんな間延びしたグラデーションが空の上にあって、痛痒そうな中心がずるずるとビルとビルの隙間に滑り落ち、虫刺され跡がほどなく弱々しく消えていくのを、なんてつまらないんだろうと呆然となりながら階段の踊り場に半ば横たわっていつまでも私は見ていた。その後、もう少し鮮やかな夕焼けを幾度も見たものの、今も私にとって東京の夕空は、微かな痛みを宿しつつ夢のように拡散していくイメージでしかない。

海と入日。それがあまりにも強く私の中で結びついていたので、海から昇る太陽を初めてこの目で見たときは衝撃だった。それまでも多分テレビの映像か何かでなら見たこともあったと思うのだが、実際に〝今日〟の太陽が現われるのを目にする体験はバーチャルなものとはまったくちがう。大学の卒業前に女友達四人と熱海へ出かけて(卒業旅行にヨーロッパやアメリカへ行くのがブームになる前のことだったが、当時も若い女の子のグループが熱海の温泉宿に泊まるというシブイ選択を自分たちで面白がってもいた)夜通しおしゃべりをし、皆がうとうとまどろみかけた頃に寝つきの悪い私は一人だけ起きて窓から海を見ていた。ふいに水平線が明るんだかと思ったら、思いのほか小さな太陽がぐいっと現われたのだ。私の後ろで半身を起こした誰かが寝ぼけ声で日が昇ってきたねと言い、言っている間にも太陽は驚くほどのスピードで上昇した。私は思わず太陽を指さして「日の出の勢い……」と呟き、後ろにいた女友達は「なるほど日の出の勢いってこのことだったんだ!」とはっきり目覚めた声で叫んで、私たちは同時に笑い出してしまった。笑い声で起こされた残りのメンバーに、なになに何かあったのと聞かれる頃には、太陽はすでに水平線をきっぱりと離れてしまっていた。

私は、太陽が昇ってくるときのスピードがあれほど速いとは想像していなかったのだ。海に沈んでいく太陽はまるで名残惜しがっているかのような遅いスピードとして記憶していた。でも、釣瓶落としという表現があるくらいだから実際にはもっと速かったのかもしれない。西日が好きで、建築設計の仕事をするとき西日の入る方角に大きな窓を作るプランを提案しては施主に拒否されるのだといつも嘆いている弟に聞いてみたところ、「速いよ」と一言で返されてしまった。同じ町で同じ空を見て育ったのに、ずいぶん受け取り方がちがう。

海に消えていく太陽と海から生まれてくる太陽、どちらのイメージのほうを強く抱いているかはどこで生まれて育ったかによってちがうだろう。もしかしたら、世界というものの感じ方もちがっているかもしれない。太陽は、あの町では背後の山陰から昇ってくる。私は子供時代から早起きが苦手だったから、日の出を見たことは数えるほどしかなかったけど。子供は休みの日には早くから起き出して遊びたがるものだと知ったのは大人になってからで、子供の私は眠っていられるものなら昼までだってだらだらと浅くまどろんでいたかったとしか覚えていない。そういう私にとって太陽はいつのまにか空にあるものだったし、山からの日の出の印象もこれといってなかった。だが今年の夏に実家に帰省した折に見た日の出は、不思議な時間と空間の感触で私のなかに刻み込まれてしまったのである。

蒸し暑い八月、夜中に目が覚めてそれきり眠れず、ほのかに外が明るくなってきた気配に私は一人寝床から起き出した。子供部屋として弟が使っていた二階の部屋の、東向きの窓は天井に近い高さに一つだけ。椅子の上に爪先立って私は窓を開け、山並みと空を眺めた。山の向こう側に朝の明るさがあるのは感じられるけど太陽はまだ姿を現わしてはおらず、空は夜の暗さの中にあって建物はまだ闇に溶け込んでいる。でも見ているとほんの少しずつ、薄い紙をゆっくり剝がしていくように空は濃紺から青へと変化し、そこを流れていく雲が白く際立ってくる。青白い雲の濃淡を背景に電信柱と電線はシルエットのまま揺れて、外灯は黄色い光を弱々しく投げかけたままだ。私は息をひそめて見つめた。これに比べたらマグリットの「光の帝国」でさえ粗雑すぎる。こんな光景が見られるなら、眠るのが下手な体質でもよかったかもしれないと思った。

また眠れない夜があって、あんな日の出に遭遇することがあったら、こっそり階段を下りて玄関の鍵を開け、川まで歩いていこうと思う。私は結局「土地の女」にはならなかった。私は逃げ出せたのだろうか。今も私は別のどこかに「閉じ込められて」いるのではないか。そんなとりとめないことをきっと寝不足の頭でぼんやり考えながら土手を歩き、橋の上に立って今度は山並みの方角を眺めよう。夜のあいだは闇そのものだった水が現われた太陽にどんなふうに染められていくか、それがどんなふうに河口を越え海へ広がっていくのか、見ておこうと思っている。

（「らら通信」一号、二〇〇二年十月）

『EXIT』あとがき

ひと夏の間、住んでいるマンションで外壁補修と塗装の工事があった。ある日突然、どこからか同じ作業着を着た男たちが集まって来て、細長い鉄の板と何種類かの鉄パイプをいくつも組み合わせ、鮮やかな素早さでまずは足場が作られていく。吊り上げられた鉄板が時おり大きな音をたて、コンクリートの箱型をした平板な建物はすぐにあっけなく上から下まで幾何学模様の鉄の通路で覆われた。奇妙な外皮が自然発生したみたい。感嘆していると、次には半透明の白っぽいビニールシートが足場ごと建物を包み込んでしまう。

ビニールシートには細かな穴があいているから空気が通らないわけではないはずだけど、窓を開けても風が部屋に入ってこない。外を見ると足場の向こうの景色はいつも紗をかけたみたいに白っぽく霞んでいる。起きたばかりでビニールシートのことをうっかり忘れていると、自分の目がどうかしたのかと一瞬どきっとする。何かを指示する男の声が聞こえてきて、足場を人の影が通り過ぎ、そうだ工事中だったたと思い出して、真夏なのに薄暗い光の部屋で、蒸し暑く澱んだ空気に私はぼうっとなってしまうのだった。

塞がれている。やわらかく、ずっと塞がれている。そんな感じ。呼吸とは別のどこかが息苦しい。そして、それはもう長いこと親しんできた感覚のような気がしてくる。でも本当に私は塞がれているのだろうか。そんなことない、耐えられなければ部屋からどこか他の場所へ出かければいいのだ。誰に止められるわけじゃない、禁止されてなどいないのだから。実際、塗料のシンナー臭が部屋中を満たしてマスクをしていても頭が痛くなってきた午後、私は女友達のところに逃げ込んだ。たまたま夏の花火大会の日で、シンナーの臭いが体に染みついてしまったような気分だったから、引火しちゃうんじゃないかななどと笑いながら私は遠い空の火を彼女のベランダから眺めた。だけど花火大会が終わってしまえば、夜が明けてしまえば、じゃあね今日はありがとうと言って私はまたそこからどこか他の場所へ、出ていかなければならなくなる。結局は私の（きっとまだシンナー臭い）部屋へ、帰らなければならない。出ていくことのできる先など本当はどこにもないかもしれない。〝ここではないどこか〟は、たぶんどこにもないのだ。どんな遠い場所まで行ったとしても、私は私自身からは逃れられない。

眠るのが何より好きなのは、眠っている間だけは逃れられたような気持ちになるからだろうか。春よりも冬よりも私にとって夏はとりわけ眠い季節で、毎夏じっとり汗ばんだ体を自堕落に暑い空気の底に沈ませ、短く浅い眠りを繰り返し貪っていた。でもこの夏は、朝九時から夕方六時まで工事の音と振動が響き渡るから、つい夜更かしをして朝を寝過ごすのがクセになっていた私も、とても眠ってはいられない。心地よい眠りを暴力的に破られ、ぼろきれのような眠りの名残りを体中にこびりつかせたまま過ごす日を積み重ねていると、眠りたりない頭があまく痺れていく。そうして、ぼんやり窓の外を振り返ればちょうど目の高さを人の足が横切っていくところだ。あ、とおもう。上の足場を歩く人の足。この部屋は一階ではないからふつうならあり得ないその眺めがひどく新鮮で、ほんのしばらくは目がさめる。私が立っている部屋の床と同じ高さを、ヘルメットを被った知らない男の頭部が行き過ぎることもある。わ、とおもう。足場の向こうは白っぽく靄がかかって、この世ではないみたいだ。やけに日焼けした幽霊たちがその境界を周回しているようで、何だか楽しい。私は少しずつ足場を好きになる。

うたた寝をするかわりに、私は部屋の中から足場を眺めた。足や頭部がベランダの向こうを行き過ぎるたびに金属の足場がきしむ音がする。ここが違う部屋のように感じられる。夜になって作業をする人たちがいなくなり、静まり返った足場を、ベランダに出て私は触れてみる。土埃や錆や塗料の混じった冷たいにおい。私もそこを歩いてみたくなる。ベランダの手摺から身をのりだして足場に坐る。わけもなくうれしい。見上げても見下ろしても金属の通路が幾重にも続き、どこまでも上っていけそうだ。どこまでも下っていくのでもいい——。へえ、ありかみたいだな、と缶ビールを買って帰って来た男が言った。

アフリカ? どうして。足場からは、さっきまでそこにいた明るい部屋が夜の暗さの中に浮かんでどうしてだかとても頼りなげに見える。どうしてって、何となく、このビニールシートが蚊帳みたいじゃないか、と男は缶ビールのプルトップを開けて渡してくれる。なるほど、巨大な蚊帳のテントなわけか。足場に坐って手を伸ばすとビニールシートに手が届き、細かな穴にも触れることができる。触れたところが風をはらんだように膨らんで、バサッと乾いた音を立てた。白く霞んだ空には月が見えない。私たちは足場に缶ビールを置き、マボロシのあふりかの夜を笑いながら過ごす。私は足場をとても好きになる。

ガリガリというすさまじい音と振動に、今朝も工事が始まったのだなと頭のどこかで考えながらそれでも眠りの切れはしにしがみついていると音はますます激しくなっていった。マンションの外壁ではなく、ひょっとしたらこの部屋の内壁がたったいま削り取られ、抉られ、壊されていっているんじゃないかとさえ感じられる。ああ壊れていくんだ、とおもう。治すことと壊すことはどうしてこんなに似ているのだろう。駅からの帰り道、足場に覆い尽くされビニールシートにすっぽりくるまれた建物が見えてくると、「廃墟」みたいだといつもおもってしまう。私が出てきたところも、私が帰っていく先も、「廃墟」なんだと、それはあんがいしっくりくる感じだった。壊れたもの。壊れていくもの。音がする。おそろしく近いところで。部屋の内壁ではなく、私自身が剝がれこなごなに壊れていく音なのだろうか。眠りながら私はそんなことを考えている。そこからどこかへ行けるのだろうかと、考えている。

いつのまにか音は止み、お昼休みで作業が中断されたのかと起き上がってブラインドを開けた。足場には昨夜置き忘れたビールの缶が、そのままそこで霞んだ真夏の光を集めている。

(『EXIT』二〇〇一年ふらんす堂刊)

読書日録

某月某日　私の子どもはどこへ行ったんだろう、と呟くようにときどき思ってしまう。私は子どもを生んだことはないし生もうとしたことだってないのに、どうしてそんな言葉がふいと浮かぶのか、自分でも不思議。夕暮れにぼんやりするのに似て、どこかちょっと危ういのかも。

あてどない気分のまま、山崎佳代子の詩集『秘やかな朝』（書肆山田）を開く。平易な言葉で綴られているが、静かに澄み切った光を思わせる緊張感はただごとではなく、たちまち胸がシンとする。ふりやまぬ鉄の雨、荒れ果てた庭、船は行き、草が繁り、ひらかれた窓に滅びた町から蜜柑が届けられる……まるで神話のよう。でも、深い哀しみが宿っているのが伝わる。これらは「七十九日間続いたＮＡＴＯ軍によるユーゴスラビア空爆が停止した、あの一九九九年の夏から、二〇〇三年の秋にかけて、ベオグラードでうまれた」詩篇だ。表面張力のぎりぎりで堪えるように、壊れかけた世界を水辺で支えようとしている、いや、むしろそこで世界を造り直そうと（生み直そうと？）している言葉だと思う。儚くて、強い。

水際の草地に
鳥が舞いおり
それが私であるとあなたは知った

「たとえば水についてわたしはあなたに語りたかった」という詩の最終連を読みながら、突然、ああと腑に落ちる心地がした。私の子どもは、たとえばそこにいるのかもしれない。鳥のようなものとして、壊れかけた世界の際に。

詩は何かに対する答えでは決してないのだけれど、危うい感覚をすくいとって着地させてくれることもある。

某月某日　それにしても「子ども」っていったい何だろう。記憶、どこにもない体のかけら、感覚の揺れ、手にしたことのない未来？　とんでもない、現実そのものだよ、と子育て中の女友達に電話で怒られた。用事の話を終えた後、まぁ不思議なもんだなとしみじみすることも多いんだけどねと譲歩しながら、彼女は五歳の息子に電話を代わってくれる。


はるみちゃん？

そうだよ。こないだはいっしょにお風呂に入って楽しかったねぇ。

うん、また遊んであげるね。


彼は私をガールフレンドの一人と思っているのだ。それが妙に嬉しく、「ひとりの小さな女の子に戻って、今このときを楽しんでいる」と、小学校にあがったばかりの息子と遊園地で手をつないでいた野中柊『ガール　ミーツ　ボーイ』（新潮社）の主人公の気分が、よくわかる。

二年前に夫が失踪して以来、仕事をしながら、ときに独身の女友達やご近所さんに支えられつつ息子と二人で暮らしている「私」の日々が、軽やかに語られる気持ちのいい小説だ。週に一度のバブルバスと湯上りのペプシ、夏休みに行く田舎の実家、初めて一人でパッキンを交換できた午後のベランダに射す陽射し。何でもない日常の細部が鮮やかで、そこに描かれる食べ物がみな、自家製ポップコーンや枝豆やインスタントのカレーでさえ生命感にあふれ、このうえなくおいしそう。読む楽しさを満喫した。

だが、明るい光に彩られているかのような「私」の生活も、本当は危ういバランスで成り立っている。それは終盤に起こる事件でとりわけ露わになるのだが、だからこそ、息子の存在によって軽々と〝子どもの領域〟に引き入れられる幸福感が、儚いけれどそれゆえに輝かしい瞬間として迫ってくる。ラストシーンの水辺は、彼と彼女にとって世界の際なのかもしれないが、そこには鳥のように両腕を広げる子どもがいて、希望の光を受けとめていた。

某月某日　併録の「ボーイ　ミーツ　ガール」は、小学校二年生の鈴木くんの話。彼が憧れる五年生のマユミちゃんは一人暮らしをしているらしい。「こどもの天国」と彼は思う。でも「羨ましいと同時に、なんとなく不安になってしまう。この心もとなさは、いったい、なんなのだろう」……わかるよ、鈴木くん。と女の子になって私は話しかけたくなる。

　子どもだけの領域、いつまでも終わらない夏休みの幸福と不安、『誰も知らない』という映画を見ていたとき、私はそのなかにいた。親に置き去りにされたのだから悲惨なはずなのに、奇跡のような輝かしさに満ちた、儚い時間。手をさしのべて大人の世界に助け入れるのではなく、ただ手をつなぎたいと思った。それはたぶん世界の際にいる心もとなさに耐えるための仕草でもあるのだから。


某月某日　昔から、大人たちの現実社会には違和感があったのだと高原英理『ゴシックハート』（講談社）を読んでいて思い出した。そんなものに背を向けて、夕暮れから夜へ、世界の際から「廃墟と終末」へ、雪崩れるように行ってしまいたい心持ちは確かにある。

　同じ著者の『少女領域』（国書刊行会）と『無垢の力――〈少年〉表象文学論』（講談社）もとても面白い評論で好きだったが、この新刊は取り上げられた項目だけでほとんど共犯者感覚を抱いてしまう。フランケンシュタインやヘルター・スケルターや新世紀エヴァンゲリオンまでは意外じゃなかったとしても、私が初めて自分で買った写真集（『ヴェルーシカ』という）が言及されていようとは。今さらながら自分にゴシックなハートがあったことを自覚した。

　この本の最後で触れられている画家レメディオス・バロの、「星粥」という絵のコピーを私はトイレに貼っている。宙に浮かんだ塔の最上階の部屋に女が一人坐っている絵。彼女は塔の天辺から夜空に伸びた管で星を採取し、手動のミルで挽いて粥にしたのを、鳥籠の中の小さな三日月に食べさせている。ひっそりと。子どもに食べ物を与えるように。

　私も、どこかでそんなふうに「私の子ども」を育んでいるのだろう。便器に腰掛けながらぼんやり考えてみた。

＊

某月某日　子どもの頃は、大人になれば揺るぎない心身を持てるのだろうと漠然と考えていたけれど、自分が大人と呼ばれる年齢になってみればもちろんそんなわけはないと気がつく。ゆで卵の殻がきれいに剥けなかったとか林檎をまっすぐ切れなかったとか、ささいなことで気持ちが揺れて泣き出したくなる日もある。

角田光代『対岸の彼女』（文藝春秋）に描かれた女達に触れるのは、ちょっとそんな感じだった。友達をつくれない娘の姿に自分を見るようだった小夜子がお掃除代行の仕事に就いて少しずつ変わってゆく現在と、小夜子の雇い主で同い年でもある葵の高校時代の出来事が交互に語られ、やがて交差する。他人の汚れた家を掃除する手順、女友達と川べりで過ごす放課後、夏の海、夕暮れの屋上。細やかに描かれた一つ一つの空間に引き込まれる。そして、そこに見える彼女たちの歪みや瑞々しい傷口に宿る光が、私の奥深くに存在していたものを映し出しているような気がして、泣きそうになるのだ。

「一緒だと何でもできるような気がする」女友達だったナナコと高校時代の葵は、本当にどこかへ行ってしまおうとした。そんなこと、私はしたことがない。だけど、解放感に満ちた喜びの儚さや、結局はどこへも行けなかったという苦さは、きっと私の体にも深く刻み込まれている。「なんであたしたちはなんにも選ぶことができないんだろう」「何かを選んだつもりになっても、ただ空《くう》をつかんでいるだけ」「なんのためにあたしたちは大人になるの？」……高校生の女の子が発した声にならない叫びが、三十代の専業主婦と独身女社長の体を貫いて届き、私のなかで幾度も谺する。

某月某日　そういえば、映画『テルマ&ルイーズ』や『バタフライ・キス』や『下妻物語』でも私は泣いた。恋愛感情じゃない、似ていて似ていないもう一人の自分のような誰かとただ手をつなごうとする瞬間、その強さを描く物語に私は心を動かされてしまうらしい。「ひとりでいるのがこわくなるようなたくさんの友達よりも、ひとりでいてもこわくないと思わせてくれる何かと出会う」方が大事、とは『対岸の彼女』の葵のセリフだが、「何か」ってたとえば、他人を信じて手を伸ばす強さそのものかもしれないと思う。

ということは、熟慮の末の判断じゃなくてむしろ衝動に突き動かされる体の感覚を、私は信じたがっているのだろうか。そんなことをぼんやり考えながらレベッカ・

ブラウンの短編集『若かった日々』（マガジンハウス）を開く。幻想的で切実な痛みを宿した『私たちがやったこと』（マガジンハウス）も、介護を通した体との向き合い方がリアルで繊細な『体の贈り物』（マガジンハウス）も好きだったが、詩を読むような心地になる独特の文章表現はいつも変わらない。細部を際立たせ、揺らめくような空気を立ち上らせる描写は、体が感覚したことに丁寧に寄り添うところから生まれるのだとわかる。自伝的な今作では、記憶のなかから紡ぎ出される母親の親しい気配、違和感を拭えない父親の身体の存在感が鮮やかに皮膚に迫ってきた。だが私にとって、心の皮膚とでも呼びたい場所が細波立つ気持ちにさせられたのは、家族の話じゃない。同性の他人との出会いが語られる第五話だ。

ガールスカウトのサマーキャンプで、皆が寝た後「私」が一人でポーチに座っていると、懐中電灯の光が近づいてくる。それはカウンセラー（指導係）をしている年上の女性。他のカウンセラーよりそっけなくて短い髪をしている彼女と、夜の闇に包まれていろんなことを話し、約束はしなかったけど次の晩も同じ時間を過ごして、最後のキャンプファイアでは手をとって踊った。ただそれだけ。それだけで、閃く夏の光のように爆ぜる火のように「私」の心は震え、変化した。何年か手紙をやりとりした後、彼女の行方がわからなくなってからもそれはなかったことにはならない。「ナンシー・ブース、あなたがどこにいるにせよ」と題された第五話の最後に、「私」は記している。「痛みや不安や謎を抱えていた女の子が、彼女によって救われたことを。自分が生き抜いていまは幸せでいることを私は彼女に伝えたい」と。この「私」は、葵の言う「何か」に、確かに出会ったのだ。

某月某日　一人暮らしをしていた学生の頃、漠然とした不安につかまって眠れなくなった夜に、いま電話しても怒ったり問いつめたりしないで話につきあってくれるだろうと思える女友達を、順番に思い浮かべてみたことがある。実際に電話をするわけじゃない。好きな男や家族ではなく、女友達の顔と名前をゆっくり思い出していくことが、信じる宗教のない私にとって心を支える祈りのようなものだった。彼女達のなかにはその後会わなくなった人もいれば変わらず親しい人もいるけれど、今も時折思い出す。

　もしも小夜子と葵とナナコが、二十代後半で独身の女三人として出会っていたとしたら、香ちゃんと野市《やいち》とすずのような仲になった可能性もあるのだと思いつき、有間しのぶの『モンキー・パトロール』（祥伝社）をしみじみ読み返した。四コマギャグの形式を守りつつ一筋縄ではいかないストーリーを語っていくこのマンガは、タイプの異なる主人公三人の（それぞれダメな）男がらみの笑いを描きながら、大人の女の心理と関係性を浮かびあがらせる。アメリカの人気ドラマ『SEX AND THE CITY』を思い出させもするが、もっと身近で繊細だ。頭ではなく体の衝動で行動するキャラクターの方が伸びやかで悩みも少ないというのが面白く、そうはできないキャラクターの健気さには胸打たれてしまう。

　いろいろ読んでいると私の女友達に会いたくなった。大人になった今だから、一人で味わったくだらないことやくだらなくないことを彼女達と話したい。手をつなぐように、言葉を交わしたい。そうすれば、逃避行するのではなくここで、揺らぎながらも生きていける気がする。

*

某月某日　眠りから覚め際、そこがどこか一瞬わからなくなるというのはよくあることだし（自分の部屋？ 親の家？ 友達のところ？ 旅先のホテル？）、たった今までリアルに感じていた「私」が、実際とは違う夢の存在なのかそれとも現実にもそうなのか、混乱するときもたまにある。えーと……と横たわったまま私は考える……そうだ、私が住んでいるここはテキサスじゃなくて東京、あんな男と抱きあったことはない、誰かの死体を埋めて隠したりしていない、お腹がすいているのはどうやら本当だ。そんなふうに何とか現実の身体を手繰り寄せ、いつもの朝に着地するまでに数秒かかってしまう。
　自分というものがブレて隙間ができるあの数秒、多重人格の人格交替を意識的にやっているようにも思える感覚は、けっこう嫌いじゃない。そこでは、現実の空間と私（の無意識）が作り出した夢の空間とが重なりあい、奇妙な生々しさで揺らめいている。それは子どもの頃のごっこ遊びを思い出させるのだ。アタシハ捨テラレタ悪イオ姫サマ——のつもりになった瞬間、埃っぽい住宅街の路地が昏く深い森になる、あの感じ。

　ミッチ・カリンの小説『タイドランド』(角川書店)は、十一歳のジェライザ＝ローズの妄想世界が現実を覆い尽くしていく気配にぞくぞくさせられた。麻薬の過剰摂取で死んだ母親を置き捨て、父親とテキサスの廃屋のような家にやって来たものの父親も椅子に座ったまま動かなくなる。一人きりのジェライザは、嫌なにおいがし始めても父さんがおならをするからだと思うことにして、首だけのバービー人形たちとおしゃべりしながら、ヒメモロコシの畑を海底のつもりで横切って、林の奥の家に住む「幽霊女」を覗きに行く。

　子どもが清らかで無垢だなんて、誰が言ったのだろう。少なくとも私はそんな子どもだったことなど一度もない。乾ききった孤独な地平で育まれたジェライザの身体からは、邪悪と紙一重のグロテスクな幻想が止むことなく溢れ出している。その歪んだフィルターを通して見る現実は、目も眩む昏い輝きを帯びた物語となって私の内に刻み込まれるから、明日の朝に着地しようとする足元はいっそう危うくなりそうだ。

某月某日　ご飯だから帰ってきなさい、と声をかけられれば五歳の私はたちまちオ姫サマからふつうの女の子に戻ったものだ。ジェライザもそうだけど、子どもは現実と幻想を軽々と重ね、二つの空間を自由自在に行き来して遊ぶ。いくつもの自分を作り出してすばやく乗り換えながら生きているみたいに。
　それは〝解離〟に似ているだろうか。思いついて、斎藤環の『文学の徴候』(文藝春秋)を開いてみる。連載中から面白く読んでいたのだが、とりわけ赤坂真理の小説を読み解く章は刺激的だった。これまで私自身は「感覚的に一体化」して読んでいた(そして共感的に受けとめていた)赤坂真理の文章が、「彼女たちにとって、セクシュアリティとは「関係」のことである」、「人格とは、それぞれ固有の振動数を持った、複数の人格のサブシステムたちがかりそめに統合を保っている姿にほかならない。それはある種の振動のもとでは容易に解離を起こしたり、そのサブシステムのいずれかが優位になったりする」と、〝精神分析〟の立場から光をあてられることによって、いっそう深く胸に落ちてきた気がする。

　それはたぶん、私の書くもののなかに同じような徴候が存在するとわかってしまったからだろう。自分を他人のように遠く感じたり、目の前の現実に実感が持てなかったり（そんな軽い離人感覚も解離的傾向と呼べるはず）、空っぽな感じがしたり、そんなことはもう当たり前だから、ジェライザが妄想とともに荒れ果てた世界を生き抜いてゆくように、私は解離しながら（解離することで）世界に着地しようと言葉で探っているのかもしれない。


某月某日　私は詩のなかで〝死んでしまったわたし〟を繰り返し書いてしまう。「みずからの存在を抹消」することで「享楽」を得ようとしているのかどうかはわからないが、死んだ身体で世界を感じることや、死んだ自分の身体をぼんやり眺めることを想像すると、ごっこ遊びのように私の感覚は開かれ、官能的な振動で言葉が流れていく心地がする。

　だから、写真家イジマカオルの「あなたは、どういう死にかたをしたいですか」という問いかけに答えて十一人の女優が死体に扮した写真集『最後に見た風景』（美術出版社）で、彼女達がほとんど嬉々として死んでみせている気持ちがとてもよくわかるのだ。もちろんファッショナブルな衣装を身に着け、それぞれ個性的な場所に横たわった彼女達は、口の端から血を流していても髪が乱れていても力なく四肢を投げ出していても、ちゃんときれいに撮られている。でも、私が惹きつけられるのはそれが美しいからじゃない。

　このシリーズの演出なのだろうが、どの場所も無人で静まりかえっていて、死体だけがそこにある。そして、必ず目を見開いている。死によって閉ざされたはずなのに、全世界の重さを受けとめて開かれているような瞳に（女優の力量があらわれてしまうのだが）、見入らずにはいられない。どこまでも無力になった瞳に映るのはいったい何だろう。たとえばこんな光景だろうか——「この世の終わりは紫色だった。この世の終わりはアイリスかバラの花のようにわたしの夢のなかでつぼみをもたげ、花開くとともに耳をつんざく爆音をとどろかせた。（中略）わたしは目覚めかけていたのだろうか」（『タイドランド』）。

まるで解離を起こす振動のよう。そうして目覚めてゆく先はどんな世界なのか。明日の朝、着地するのはどんな「私」なのか。いつだって私は知らない。知っているのは、この世のどこかで目を開くときの怖れと喜びを宿した皮膚の震えだけ。その振動の確かさだけなのだ。

（「すばる」一～三月号、二〇〇五年）

作品論・詩人論

虚構の煌めかせる二つの言葉のベクトル
川口晴美さんとその詩について

鈴木志郎康

川口晴美さんとは長くおつき合いしているが、わたしにはずっと地味な存在の人という印象だった。それが最近変わってきた。もともと美人なのに目立たない人だと思っていたが、最近は身につけるものも変わったようで、詩の教室で彼女の生徒の若い女性が「先生のコート、素敵！」と言っているのを聞いてわたしは思わず微笑んでしまった。親心に近い気持ちが動いたわけだ。というのも、三十年ほど前にわたしは詩人川口晴美の誕生を手助けしたからだった。川口さんは早稲田大学の文芸専攻の学生でわたしは非常勤講師として小学生の時に詩を書いたことがあるという彼女が初めて意識的に書いた詩を読む機会を持って、その後彼女の詩を読み続けている。川口さんの詩は読んで行くとすらすらと読めてスリルとサスペンスを感じさせられ楽しめて人間の存在の不確かさを知らされるという読み応えがあるのに修辞に拘る詩を書く人の間では余り話題にならないのでわたしとしてはもどかしさを感じていたのだった。あえて一言で言うと川口さんの詩はある種の煌めきがあるのに見過ごされてしまうように思える。言葉の煌めきがあるのに見過ごされる、その辺りのことを考えてみようと思う。

わたしは一九八二年から十年余り早大の文芸専攻で詩について の二つの授業と卒業論文の「詩集」の指導を担当していた。その八二年と八三年に川口晴美さんは三年生でわたしの詩についての授業を取り、四年生になって詩の実作指導のゼミに参加していた。卒論では、読んだり書いたりすることが好きでそれ以外のことは自分には何もできないと感じていて、そのために当時小説家になりたいと思っていた川口さんは平岡篤頼教授指導の小説の創作を取っていたが、詩を書くのが面白いからとわたしの詩の実作のゼミに毎週詩を書いて持ってきた。先日川口さんに子どもの頃や学生時代のことを聞いたとき、このゼミで詩を書いてみて小説を書くのとは別の言葉の使い方を見つけて解放された気持ちになったと話してくれた。何も考えずに頭に浮かんだ言葉を書き、それから連想した言葉やシーンを思い浮かべて言葉で遊ぶように書いていくのが面白く、それがすごく楽しかったという。そういうように自由に書いている間は生き生きと感じられ、解放された気がしたということだった。そういう言葉を書く作業を続けることで思いがけないものが自分の中に不思議に見えてくることも面白かったという。つまり、詩を書き始めた当初川口晴美は一方で小説を書きながら、詩の実作では現実に即して現実を再現する言葉の使い方とは全く違った言葉による別の現実を生み出していくという、川口さん流の言い方で「自分が書いた言葉で現実にはない世界（空間）を出現させる楽しい」言葉の使い方を見つけたのだと言えよう。

川口さんは、高校生の頃から庄司薫を初め大江健三郎、筒井康隆などの小説を読み、大学生になると読書傾向も少し変わって、デュラスやマンディアルグ、金井美恵子の初期の短編集を好んで読んでいたという。しかしそれにもまして子どもの頃から漫画を浴びるように読んできた少女だった。彼女が挙げた漫画家の名前を列挙すると、内田善美、吉田秋生、吉野朔実、萩尾望都、大島弓子、杉本啓子、一条ゆかり、三原順、岡崎京子、高野文子、佐藤史生となり、更に付け加えて「これでもごくごくごく一部です！」ということだった。話に聞くと、小学生の低学年で「りぼん」を取って貰っていて、高学年になって「別マ」に換え、中学高校生では自分で買えるようになり「LaLa」「ぶーけ」「別コミ」「プチフラワー」などを読むようになったという。川口さんは小学生の低学年の頃までは身体が弱く目立たない子だったが、高学年になってあるとき「自分の意見を言ってもいいんだ」と気がつき、積極的に発表するようになり成績がぐんと上がったということだ。小学校四年生のとき授業の課内クラブというのが必修になって、スポーツ音痴の幼い川口さんはそれ以外のものとしてたまたま創作クラブというのに入り、そこで初めて詩を書くということを知ったという。そして空想したことなどを詩として書いているうちに、普段使っている言葉とは違う言葉の存在に気がつき、幼いながら自分の存在を意識するようになって、自転車に乗れるようになると世界が変わるように自分の世界に対する対し方が変わったという。取って貰っていた雑誌が溜まってくると、母親から家が狭いから捨てるように言われ、「処分する本に載っていた好きな漫画も覚えておこうとして」、それまでに気に入って何度も読み返していた作品を一こま一こま暗記したということだった。福井県小浜市の電気工事会社に勤める会社員一家の中で暮らす少女にとって漫画雑誌に掲載される作品のストーリーもキャラクターもそれを実現している絵も捨てがたく心の中に仕舞い込んで置きたくなる輝かしいものだったに違いない。

　川口晴美は大学を卒業して伊藤萬株式会社に入社して外国為替課に勤務することになったが、引き続き詩を書きたいと思って、わたしが講師をしていたカルチャースクール東急セミナーBEの詩の実作講座に来るようになった。そして在学中に書いた作品とそこで書かれた詩の作品とをあわせて最初の詩集『水姫』を刊行した。この講座は参加した者が自作を朗読して数人の人が感想や批評を述べた後わたしが意見を述べるという仕方で進行していた。そこでわたしは川口さんが読みづらい他人の作品を丁寧に読み適切な感想を述べる能力を持っているのに気がついた。彼女は作品の言葉の運びの細かなところを読み取ることができる人だった。彼女が作品の細部に拘るというのは今から思えば少女時代に漫画を暗記することによって培われた才能によるのではないかと思われる。漫画を頭に詰め込んだ若い女性がその頭の中に去来する言葉を書くことによって生き生きとした開放感を得た。そのとき書かれる言葉は細部に到るまで細かく語られて現実とは別の世界を出現させることになった。この文庫に収録されている最初の詩集『水姫』の「草々の寝台」を読み返してみよう。部屋に新しく運び込まれた木製の寝台の木目を喫水線に見立てるとたちまち部屋の中が水で溢れ窓外の墓場では草むしりしていた女が土になってベッドに横たわるとマットレスの下に生みつけられた種子が背中に痛く夢の中で海に向かって歩いていくと波が草の群れになり男との性行為中に種子が芽を出してわたしに絡みつきその緑がわたしの体内に入り視界が三六〇度に広がりものすごい快感を感じ身体の内側から芽を出したわたしの植物は屋外に出てどんどん伸びていくことになるという非現実的な世界がおよそ一〇〇行余りで語られている。この詩は行わけで書かれていて、行の進行が連想の飛躍を進めて全体で自分が快感を感じながら植物に変身するという妄想が語られ開放感を得て終わっている。この作品は明らかに読者を意識せずにひたすら自分が言葉を繰り出せる楽しみを追求している詩と言えよう。ところが、この詩の言葉の展開の主軸になっているものを拾っていくと、木目、水、墓、女、土、種子、夢、海、波、草、男、性行為、髪、草々、巻きつかれる、みどり、生殖器、繁殖、広がる視野、気持ちいい、三六〇度の朝、草々の根、わたしの植物、伸びる伸びるなどという言葉が、「わたし」という存在に起こる生命現象を語っているのが読み取れる。おそらく作者は初めから意図的に生命現象というものを語ろうとしたのではなく、ひたすら夢中になって言葉を追いかけているうちに独特のイメージの連鎖で生命現象を語ることになってしまったと言えよう。そして川口晴美はその「自分の中の不思議」を詩人として自覚していくようになったのだと思う。

二十七歳の一九八九年に出した第二詩集『綺羅のバランス』の「あとがき」で、彼女は「いつも、何だかほんの少しずつ居心地が悪い気がする。どこにいても、針ほどのずれがあって、わたしがその場所では異物なのだと感じさせられる。わたしがいることのできる場所がほしいとおもうとき、わたしは『どこにもない場所』と、ぼんやり呟いている。」と書き始めて、詩を書く者として現実で疎外された自分自身についての自覚を語って、そして自身の詩について「今のわたしが詩を書くのは、たぶん、なにもない、誰もいない中空に、どこにもない庭を、部屋を、寝台をつかの間出現させるためだ。」と書いている。実生活をしている自分と詩を書く自分との間にどうしても溝ができてしまう。そこで自分を支える表現として、多くの場合は現実に対する自己の心情などを修辞に拘った暗喩を多用した抒情詩に書くか、または繰り出す言葉によって高揚感を求めて気分を盛り上げた語りのスタイルの詩を書くことになる。川口晴美は『綺羅のバランス』の詩では勤め先の商社の外国為替課の体験を言葉の上で心情的にあらがいながらも結構取り込んで語りのスタイルの詩を書いている。しかし彼女が語る世界は現実を否定するというより、繰り出す言葉の楽しさを追い求めて空想の世界となっている。空想力で現実を楽しみで異化しているように読める。それが「なにもない、誰もいない中空に、どこにもない庭を、部屋を、寝台をつかの間出現させる」ことだった。物語がありそうで言葉に重きが置かれて物語にならないというように展開している。『綺羅のバランス』の「永久運動プログラム〝YOKIKO〟」はコンピュータを操作する「わたし」とわたしによって操作されるプログラム「YOKIKO」の関係の成り行きが六つの詩で構成されている。「わたし」はプログラム「YOKIKO」を液晶ディスプレイ上に走らせて様々なコマンドキーを駆使して偽・建造物の外で「ヨキコ」を追いつめて破裂させ「ヨキコ」の肉片を拾い集めて再生させて更に走らせ追いつめ破裂させ再生させることを繰り返しているうちについに「わたし」とヨキコの世界が出現し更に歯科医院の診察台でヨキコに襲われて「わたし」は気持ちよく殺されて粉々に砕かれてしまう、といった具合に、更に真鍮パイプが彼方まで並ぶ砂浜へ地下鉄へ魚が飛び交う森へと展開して、「わたし」とヨキコは同化するのだ。ここで問題になるのはプログラムから派生したヨキコと同化した「わたし」とはいったい何者かということなのだ。「わたし」は作者ではない。ストーリーの中に登場してくる語り手だが、詩が書き始められた時点では詩の様式から作者自身として、詩の言葉の書き手として機能している。それがストーリーの進行に従って作者は書く楽しさに犯されて虚構性に浸潤され、作者がほぼゼロに近い虚構の「わたし」となるのだ。つまり、川口晴美の詩の言葉が虚構性によって煌めけば煌めくほど作者の存在感が薄れていくことになる。つまり作者の現実に通じる言葉が消えて言葉自体が虚構になる。

ところが、作者としてはそのことに拘らないではいられない。その拘りから生まれた意識の運動が同じ詩集の「永久運動プログラム〝YOKIKO〟」の次に置かれた「マイナス水位の夜」に語られている。夜中の駐車場で何者かにナイフで肩を刺されて倒れ出血した血が電話ボックスの方に流れて行くのを見つめているうちに、輸血したことその血の行く方教室で初潮になった時のことなどを思い出しやがて夏の砂浜に倒れているという幻覚に襲われて意識が混濁してくるまでの意識の流れが「わたし」

の言葉として三七〇〇字ほどの散文で語られている。これは飛躍した言い方になるが作者を現実から引き剝がす言語行為と言えよう。「マイナス水位」というのは書かれた言葉の主体である作者の存在がゼロ以下になるということと受け止めることができる。書かれている事柄よりそこに湧き出てくる言葉をもっぱら楽しんでいるという点で川口晴美は詩人なのだ。この場合は言葉自体を虚構化するのとは逆に作者自身を消滅させて書かれた言葉のリアリティを実現している。

川口晴美の詩は言葉そのものを虚構化する方向と作者の存在をマイナスにして言葉のリアリティを実現する方向という二つの言葉のベクトルよって成立しているというところまで考えを進めることができた。この後に書き続けられる詩では詩集『半島の地図』に到るまでこの二つのベクトルのバランスで虚構の世界が煌めいたり作者の存在のマイナス度が増して言葉のリアリティが深まったりして行くと言える。わたし個人としては『半島の地図』の「サイゴノ空」の言葉のリアリティの深さにとりわけ心を打たれたのだった。

(2012. 3. 29)

泳ぐこと。眠ること。
川口晴美の詩の世界

野村喜和夫

たとえばいまも泳いでいるだろうか。川口晴美の詩の世界を語ろうというのに、なんという書き出しだと人は思うかもしれない。しかしこれがなかなか核心をついているのである。つづけよう。数年前まで川口さんは私とおなじ郵便番号のところに住んでいたが、いつだったか本人から、私の家の近くのスイミングクラブに通っていると聞いたことがある。「えっ、あの駅前の?」「ええ。るとわすかもしれませんね」「いやそれは困るな。いつも無精髭でうろついているから」

＊

川口さんは名前の通りに若狭のどこかの河口付近の生まれで、水泳が得意なのだろう。私は彼女の泳ぐ姿を想像する。もちろん変な意味ではなく、いや多少はそれもあるが、それ以上におそらく彼女の泳ぐ姿は、彼女にとって詩を書くという行為に驚くほど似ているのである。バシャバシャと水しぶきをあげるような派手な、あるいは下手な泳ぎではなく、たぶんもっと静かで、深く水の中を潜行するような泳ぎだ。あるいは場合によっては水の中で停止してしまって、泳いでいるというよりは眠っているようにしかみえないかもしれない。第一詩集『水姫』（このタイトル自体実に意味深いではないか）の冒頭の詩、つまりわれわれが読むことのできる彼女の最初の詩は、この詩文庫には収録されていないが、まさに「水眠」と題されているのである。この造語の下には、音としての睡眠のほかに、スイミングも隠れているだろう。泳ぐことが眠ることに等しいほど、「わたし」は水と親和している。だが水と親和しているのは、より正確にいえば「わたし」の皮膚だ。「わたし」は皮膚の全域で水を感じ、水と戯れ、場合によっては水と一体となる。当然のことながらその交流は官能的であり、また双方向的である。

＊

やがてこの水という限定は取り払われ、都市になり他者になりもするだろう。そこに川口晴美のシャープで蠱惑的な詩の世界が開かれている。都市や他者を、水中と同じような濃いインターフェイスの生じる場に変えること、そのなかで泳ぎ、あるいは眠るようにつとめること。泳ぎはエロスへ、眠りはタナトスへとつながっていき、かつまた、両者は反転し合う。川口的主体が関心を寄せるのはこの出来事あるいは事態であり、あえていうなら、既刊のすべての詩集を通してただひたすらこの出来事あるいは事態だけである。なかでも『半島の地図』は、その集大成ともいうべき名詩集であり、集中たとえば「月曜の朝のプールでは」においては、すべての出発点である「水姫」の経験が反復され、また、反転し合うエロスとタナトスは、殺された少女の視点から生を逆照射する「サイゴノ空」にあますところなく展開されている。

＊

泳ぐこと、眠ること。いや、ここで少し訂正しておかなければならないが、濃いインターフェイスは、ときには川口的主体を強く拘束して、マゾヒズム的快楽の意味深さを与えるということにもなる。背の高い仮縫い師にいつのまにか皮膚を縫われてゆく「わたし」を語る「**新宿アルタ前　仮縫う夜**」は、その方面での傑作である。ふと思い出した。あれはたしか一九九四年だったか、東京デザインセンターというところで行われた小林康夫プロデュースの朗読パフォーマンスに川口さんと一緒に出演したことがあって、そのおりに、小林さんの思いつきで、なんと私が彼女をゴムロープで軽く縛るということをしたのだ。そう、「やわらかい檻」のように。いまにして思えば、小林さんのすごい直観がはたらいたのであったか。

＊

いずれにせよ、こうして世界はいたるところ界面となり、あるいは皮膜となる。作者に語らせるにしくはない。第三詩集『デルタ』のあとがきに、彼女はこう記している。「たとえば貯水場の壁に沿って歩いているとき、終点の駅で地下鉄を降りるとき、ふいに肌から剝がれて尖っていってしまいそうな感覚を、あわてて言葉にすりかえることがある。（…）すると言葉は刃物みたいに、コンクリートのごつごつした壁や人混みのホームという現実の空間と時間をすうっと切り開くのだ。その裂け目からわたしは、わたしの感覚は、わたしの言葉は流れ出し、扇状に広がってゆく気がする。」きわめて意味深い作者のコメントというべきだろう。発端はここでも主体の皮膚だが、その剝離の感覚が言葉を呼び、呼ばれた言葉は「刃物みたい」に「現実の空間と時間」を切り開くという。つまりまるでそれが皮膜でできているようにということだ。そしてその裂け目からあらためてひろがってゆく「わたしの言葉」の「扇状」、それが川口晴美のテクストということになる。いきおいそれは、界面にふさわしい形式、すなわち散文性への開かれをも獲得してゆく。それは薄められた詩でもなければ、ただの詩情に富む散文でもない。小説に近接しながらも、不思議に詩的強度を保持しつづける散文である。九〇年代初頭に岩成達也は、「いま、新しい詩のモードが川口晴美を選んだ」と書いたが、その通りに彼女は、内容においても形式においても、現代詩に独自の領域をひらいたのである。

＊

川口晴美あるいは皮膚の発見。存在を皮膚や皮膜へとトポロジカルに変換すると、そこに、汲めども尽きぬ豊かな生があらわれてくる。そう、「ヒフノナツ」、「水のさき　ゆびの先」。われわれ読者が「ボーイハント」され、あるいは「ガールフレンド」として招き入れられるのは、そういう世界なのだ。ふたたび川口さんとの会話を思い出す。ほんとうはこう応答すべきだったのだろう。「出くわすかもしれませんね」「それはすてきだな。ぼくも泳いでみたいし」

（2012. 3. 23）

ゆく水のこころ持つノマド

阿部日奈子

流麗、クール、現代的……川口晴美を読んで誰もが抱く印象だ。誰もが、というところがすごい。主題やモチーフについても同じこと。雫から海まであらゆる様態の水、顔も名前もない同伴者、神隠しや行隠れなど杳として人がいなくなること、幽体離脱して外から俯瞰する自分、伸び縮みする子供の時間、恐怖や痛みを入口にした快楽、死との親和など、誰の目にも鮮やかなトピックがそこにある。誰の目にも、というところがすごい。

背後に隠されたものはなにもない。よく統御された文体と語彙ですべては明晰に語られていて、読み違えようのない潔さだ。あまりにくっきりしているので、先のモチーフのあれこれを取りあげ躍起になって論じるのが、野暮に思えてくるほど。加えて先へ先へと詩行をたどりたくなる伸びやかな調べを持っていることも、誰しも感じる美質であろう。

しかし、ここまで挙げてきた魅力だけでは、巧い詩に終わってしまう。

川口晴美の詩を詩として屹立させているもっとも大きな特性はなんだろうと考えると、川口が自分の感覚をつきつめてゆく、その追跡の真剣さではないかと思えてくる。詩人が言葉にしようとしているのは、人物でもない、出来事でもない、情景でもない、自身の感覚のありようだ。自分の感覚に引っかかる事象を繰り返し語ることで、どこまでも感覚を追いかけてゆく。

もちろん感覚は、外部と自分の擦りあわせで生じるものだから、そこに外部がないということではない。くたびれた血のように都心をめぐる地下鉄、二十四時間こうこうと光り輝くコンビニエンスストア。犯行現場になる廃工場や水槽の並ぶ研究所は、郊外の風景だろうか。旅先のひっそりした駅舎やホテル、家屋の隙間から海がのぞく漁村の昼下がり。川口の感覚を惹きつけるのは、私たちの暮らしのなかでもひときわコンテンポラリーで、単独者にふさわしい場所や状況だ。

そうしたところに〈わたし〉を立たせて、川口は感覚を確かめてゆく。その探究は、これ以上ないくらいに非妥協的だ。読者にも常識にもおもねらず、中途半端なリアリズムにもいいかげんなファンタジーにも頼らず、猟犬さながらいっさんに獲物を追ってゆく。いや、追っていると見えて、前方へ前方へと感覚を駆り立てているのかもしれない。

たとえば一貫して登場する、顔立ちも名前もおぼろげな男について考えてみる。現代における恋愛観をあえて問えば、変化の相のもとにある、いやいやロマンチック・ラヴ・イデオロギーは未だ根強い、と両方の答えが返ってくるだろう。なにしろ恋人や伴侶を求めつつ、そこに窮屈と空しさを感じてしまうシチメンドウクサい私たちなのだ。

昔の人ならひと言「子供っぽい」で切り捨てたシチメンドウクサさを抱える私たちは、結婚し子を育て親を看取ってなお、心のどこかで単独者だ。かつてはひと握りの変わり者だった単独者が、いまでは大勢を占めている。その大勢にとって、川口の〈曖昧で希薄な相手〉は、ひとつの解答だろう。相手の経歴や将来を想わず、属性にもこだわらず、互いに目の前にいるというだけの繋がり。川口の解答は、ほんらい秩序を乱しかねない不穏なものだが、それを差し出すエレガントな語り口によって、不穏を不穏と感じさせせない。

冒頭の一篇「草々の寝台」の第三連。

生きているおとこの腕がわたしの体を寝台に押さえつけ
性行為を強いられる気楽さに
すべての筋肉はゆるむ
気ままな動きに揺さぶられ
寝台の木目はわたしの汗だけを染み込ませ
種子はひそかに発芽の準備を重ねる
夜半のマットレスの下で　転がり息を吐き
やがて　ぷつ　と音をたてて
柔らかな芽がうねる気配
坂を転がり落ちるように急速に伸びて
性行為のさなか　逆立つわたしの髪に
くねくねとよく曲がる細い茎が
まきついてくる
またたくまに白から色濃い緑に染まり
髪をからめとり　首に腕にからまる冷たい茎が
生きているおとこをわたしの上から排除　し
わたし一人を抱きこむように
寝台はふるえながら
闇は次々と葉を開かせる

波うってうねうねと蛇行してゆく詩行は、まさに官能の悦びそのものだ。目の前にいた〈おとこ〉は緑の蔓に押しやられて、かき消えてしまった。勢いづいた蔓は〈わたし〉の膣をくぐり、皮膚を突き破って戸外へ出てゆくと、先端に〈わたしのきもち〉を宿して気流に乗る。こんなに大胆かつしなやかに、性と生の放恣な力を謳った詩があっただろうか。一九八五年刊『水姫』所収の詩だが、少しも古びていない。それどころか、いま書かれている詩、読まれている詩は、この滑空する新芽に追いつけていないという気がする。

〈犬〉と呼ばれる男もいる。「Over the Coca Cola」に出てくる犬のような〈彼〉は、黙示録的な荒野をゆく四姉妹に仕えている。

犬、おいで
夜のあいだに、姉たちのうちの誰かがそう呼ぶ。眠っていてもその声は夢の隙間に降り込む雨のようにして聞こえてきた。呼ばれて、扉の前に身体を丸めて寝ていた犬はゆらゆら起きあがり、呼んだ女と二人でテーブルの下へ行く。テーブルの下で静かな息を繰り返しながら抱き合う二人の肌がTVの光を浴びて眩しく瞬き、やがてTVの光よりも強く発光しはじめる。寒い青白い光。平原を溶かすように遠くまで届く冷たい熱。きのうまでは、わからなかった。きょうは、昼間知った舌の感触を思い出すことができる。覚えている。震えてしまうほどの熱さを。くすぐったく濡れていく桃色の傷を。だから、わかる。やわらかくてざらざらの布に似た犬の舌の彼方に、あの青白い光があることを。眠りながらわたしは片手でTVの画面を撫でた。わたしの足を舐めた犬の舌がそうしたように、ゆっくり、何度も往復させて、撫でた。光が不規則なかたちに遮られ、わたしたちの部屋は眩暈のように傾く。きっと、わたしも呼ぶのだろう。姉たちとおなじ声で、犬、おいで、と。あしたの夜、それともあさっての夜、平原を渡る夜に繰り返し、犬、おいで、と呼ぶだろう。

「草々の寝台」とは違い、ここでは性愛の仄暗い側面が語られている。倒錯したシチュエーションに身を委ねて平原をゆく一団。詩の前半に「わたしと三人の姉たちが所有しているたったひとりの男。犬。姉たちは彼をそう呼ぶ」とあって、読者は犬と呼ばれる〈男〉を思い浮かべようとするのだが、そうしたくても〈犬〉の一語の頻出に、どうしたって犬そのものの姿態を妄想しないではいられない。振り向く犬、走り寄る犬、舐める犬、テーブルの下にもぐる犬、性交する犬。犬との交わりは〈わたし〉を動物化する。しかしいったい誰が、大洪水のあとのような荒涼たる平原を、目的も成算もなく歩きつづけることができるだろうか、動物化することなしに。胴震いとともに過去も未来も振り落として、土埃にまみれたコカ・コーラの看板を無言で通り過ぎる彼からは、獰猛なフェロモンがゆらゆらと立ち上っている。

剝きだしのアポカリプスよりもっと重苦しいのが、逃れようのない日常だ。「サイゴノ空」で、殺された幼い女の子が語るありえたかもしれない明日は、ありふれた〈こわいこと〉に満ち満ちている。

生きていることとこわいことは同じだった
こうして殺されなければこれからもこわいことはたくさんあったのだろう
生理もきっとこわいこと
何かが終わって別の何かが始まったことを知らせる赤い色に泣きそうになりながら
どこか嬉しいような落ち着かない気分がこわかっただろう
ふくらんでくる胸が痛いのもこわかっただろうし
九九を覚えて方程式を習って
中学校に入ればふつうにいじめたりいじめられたり
毎日こんなところしか行く場所がない自分にときどきうんざりして
なのにバスケットかサッカーをやっている男の子を好きになって
そうすると向こうから歩いてくるのを見かけただけで
午後の渡り廊下を照らす陽射しが特別な光のようでどきどきして爪先立ちになり
いっそもっとこわくなりたくて話しかける用事を探すだろう
テレビのこととか飼っている犬のこととか話すようになって
初めて二人ででかけるのは遊園地だろうかジェットコースターも観覧車もこわい
卒業前には男の子の部屋でこっそり抱きあうのだちょっとこわいねと言い合って
そのくせ別々の高校に行くとすぐ会わなくなる

子供たちの眼は、大人の粗暴や凡庸を見透かしている。しかも自分もまたその粗暴で凡庸な世界に足を踏み入れてゆくことまで諦観しているのだが、できればそのとき、小さな幸福に感謝する善き人にはなるまいと思ったりしている。小さな幸福の排他性を予感しているので。そう、子供の心とは、切れ味鋭く不埒なものだ。しかし実際の子供は、モノの世界にちかしいぶん、言葉からは遠い存在で、ここまで精緻には語れない。その感じていながら語れなかった落差を言葉にしたところに、この詩の妙、冴え渡ったセンスがある。

三つの詩を見ながら、川口の感覚を不穏、獰猛、不埒など、ぶっそうな言葉で語ってきた。なにものにも囚われず水のように流れてゆく自分を欲する志向は、ノマドロジーに近いかもしれない。豊かさが実現した社会でこそ唱えられる思想としてのノマドロジーを知ろうが知るまいが、それこそ感覚として、私たちは束縛のない生活を夢見ている。そうした現代人の感覚を、大仰にならないよう、かといって地味にもなりすぎず、悠揚迫らぬ息づかいで書き継いでゆくのが川口の詩法だ。なにしろ美しく、たおやかで、勁い。ひとつひとつの詩は、名篇「半島の地図」で唇に運ばれる葡萄のひと粒のごとく、〈あまく苦く深まった〉果汁を滴らせて液体宝石のよう……夜半、私たちは陶然とそれを味わい、血のなかでワインに変えて酔いしれる。だから、今夜の夢は奔放だ。

（2012. 3. 27）

絶対抒情　『半島の地図』書評

田野倉康一

　何かが何かに統合されない世界を身体レベルで描く。悲壮感など微塵もない。それが川口晴美の世界だ。それではあまりに簡単すぎるというならこうも言える。個に収斂されない絶対的な抒情が恣意的な統合を受け付けない強靱な多様性において、そこでその時の現在をまるまる剝き出しにしているのだ、と。

　その、悪意のなさこそが不気味な僕たちの「世界」の、奇妙な解体と浮遊、いや解体などされてはいない。「世界」は最初からバラバラだった。それをかりそめにも統合していたものが次々と退場していったのである。

　川口氏の詩業は、その出発から常に身の回りの日常において語り出される。それは自らがぐちゃぐちゃの死体になって横たわっていても不思議ではない日常、という意味だ。そしてこの日常が日常でありながら、次々とそこでその時の核心とも言うべき何ものかと切り結んでいくのを見るのは驚異的ですらある。

誰かがわたしの体の上にそっと川原の石を置いた
ちいさく丸い冷たさが腿に
素足の膝に
静かな空から降り注ぐように少しずつ積み重ねられ
やがておなかの上にもひとつ
わたしは足元からやさしく毛布を被せるみたいに埋め
　られてゆく
川原の石と同じ温度に冷える皮膚
境界はなくなりわけのわからない世界とまじりあうわ
　たしはかたちをなくして
世界のひとかけらになってゆく
わけのわからないこわいものになってゆく
（「サイゴノ空」）

詩集冒頭に収められた長編詩だが、ひょいと引いてみた引用の部分だけでも詩は「こわいもの」の本質にいきなり切り込んでいてゾクゾクさせてくれる。このように多くの詩篇が、多いときには数行おきに「世界の秘密」と切り結んでいく。

痛みは遠く、傷のある指先も遠く、誰のものでもなくなったからだが、からだでさえなくなった欠片が、数え切れない眠りのように軽々と混ざって、夜に降り積もる。降り積もっていつか寝台に、部屋のかたちになるだろう。(中略)夜の果て。どこにもない朝に開かれる部屋。それはわたしのなかにある。

(「夜の果てまで」部分)

一方、この散文詩を浸している主体の意識と身体との奇妙な乖離感は重要である。「誰のものでもなくなったからだ」、あるいは「わたしはわたしじゃないものになって」(「サイゴノ空」)と、詩集一冊を通して繰り返し語られるこのような感覚を「存在の不安」などと文学的に読んでしまうことは今日、何も読んでないに等しい。そうではなく、まずは虚心に詩行を追う。注意すべきはむしろ、先に見たようなモノゴトの本質と真正面から切り結ぶテーマやメッセージさえも「日常」の中の一小景のように次々と通りすぎていく川口晴美の詩のスタイルである。なぜ、彼女の日常は犬も歩けば棒に当たるようにモノゴトの核心と切り結んでいけるのか。

結論から言ってしまえばそれは、主体が「わたし」であることには執着しながら、決定的に固有の「わたし」であろうとはしないこと、つまり主体は、主体自身を常に交換可能な何ものかとして把握し、しかもそれが抽象的な思考の記述としてではなく、常に「感情」をも交えた主体に等身大の身体感覚において把握されていることによるのである。すなわち、そこでは抒情の主体ではありながらも「世界」を統合すべき個別固有の主体であることは最初から手放されているのだ。彼女の詩の抒情がときにひどく冷めて見えるのもおそらくはこのことによる。いずれにせよこの、恣意的な統合を断固拒否する強靱な抒情によって、僕たちはバラバラで多様な僕たちの「世界」をバラバラで多様なままに思いのほか遠くまで見通すことができるのだ。

(「図書新聞」二〇〇九年十一月十四日)

今も行く先は求められている

高原英理

川口晴美の「サイゴノ空」は殺された（のであろう）幼女の意識を語る成人した女性の言葉のように思える。そうした種類の言葉は、死者は語らない、子供は大人の言葉を持たない、自己は複数でない、という現実的な判断から、虚構の言葉とせざるをえないが、しかし、ある種の小説が展開する事実に似せた嘘とは異なる。虚構性をあらわにすることで意識の新たな真を語ろうとする言葉と言えばよいだろうか。

川口はその虚構の機能、矛盾の開く地平を逃さない。

来週
今はまだないその時間に
わたしたちは馬のいない町にいるだろう
そのときも　わたしのなかにはもうどこにもない町が
あって

弟の言葉から生まれたどこにもいない馬が
ゆっくりと横切ってゆくだろう
（「幻の馬」から）

器具が動力機械が人の運動能力を徐々にそしていつか飛躍的に拡大してしまったように、人の用いる言語は、意識というおそらく元は生存のための便宜であった指令の集積を、実体と見せるほど拡大し精密化した。さらに言語は、経験しないことの認識も、自己でない意識の記述も可能にする。

言語に呼び起された意識は、延長し変容されてゆくうち、さまざまな事故を恩寵として受け取る。いずれも言葉の経験としてかけがえがない。

ここにわたしがいると知らされて痛い。
（「夜の果てまで」から）

わたしではないわたしよ
取るときちょっと痛かったその痛みのぶんだけ
あれはわたしだったのだ
（「席」から）
（「午後の突起」から）

距離が言葉をうながすだろう。意識の外郭から遠くへより遠くへ、たとえば空の青み、たとえば記憶の夕陽、たとえば植物の緑、たとえば夜の極み、墓地の、半島の、あるときは市街地へ、自殺現場へ、常にどこかへと向かうことで、虚構という経験が記される。それが言語のもたらす意識の真である。

真であることに自他の区別はない。年齢による、出自に性別に社会的立場による限定も本来ならない。時間も距離も言語表現を限定しない、のが前提だが、言語によって作られかつそれを用いる意識が一時一方向に集中せずにいない。語れば語ったこと以外の潜在的可能性は捨てられ、書き残される意識ならではの偏りをあらわにする。その偏りは、所与の条件によって求められるものからむしろ予め離れ、語り続けることで僅かずつ、新たな見たことのない別の限定を開いてゆくだろう。それが真の・新の・信の偏りとなるときだけを詩は望む。

川口の詩では多く、眠りと夢が恩寵のための過程となる。夢に見られるわたし、そしてわたしの夢を見るものがいる。わたしが相手の夢の中にいることもあるかと思えば、端々から夢の外側が侵入する。それら、解離と転移の往還はほのかに伝え聞く禁忌の記憶のように心を泡立たせる。

その階段は
わたしの夢を見ている
（「氷室」から）

——彼女の夢の中で、夜、わたしは到着する。
（「リゾート」から）

眠っていてもその声は夢の隙間に降り込む雨のようにして聞こえてきた。
（「Over the Coca Cola」から）

ときに夢を懸け橋として、辿り着くかもしれないわたしは、他であり自であり、内と外の区別も随時で、遍在する。意識であるわたしは物質的に特定できない。言語が伝えるわたしの真に実体はないからだ。意識は移ろうことによってだけ真である。どこかに向かうことだけが意識だからだ。

汚れた水滴のように
わたしは世界の表面を横滑りしてゆく
（「通り雨」から）

落ちていく雫は
少しだけわたしのかたちをしている
（「月曜の朝のプールでは」から）

地図のように傷のように、中なのか外なのかわからないわたしに刻みしるされていく。
（「夏の獣」から）

それはいつかさらに新たな位相のわたしをも知るだろうか。わたしの中にあるものをわたしは知らない。

卵をかかえるわたしのカタチ
わたしをあたためる卵のカタチ
（「ラングーン・パラダイス」から）

わたしはわたしの中の街に行くことを思い描く。
（「ＫＡＭＩＫＡＫＵＳＨＩ」から）

わたしのからだのなかにいつもある
わたしから離れていこうとするものを
（「半島」から）

言語を用いる意識の、矛盾した自在さに触れる。それは不如意であるとともに喜ばしい。ひどく不自由な無限、と思う。川口晴美の詩を読み続けていると、どうしても行かねばならない場所があるような気がする。わたしであることも植物であることも、夜であること水であることも、その道半ばでふと顧みた相のひとつに違いない。果てはない。そんな意識の演じ極める先、自ら変容しながら永遠に続く旅のような記憶を、眠りつつ夢見つつ、いつくしみつつ、しかし今も行く先は求められている。

まだどこにも到着していないわたしの
墜落のような眠りを
（「墜落の途上で」から）

（2012. 3. 16）

現代詩文庫 196 川口晴美

発行・二〇一二年八月三十一日 初版第一刷

著者・川口晴美

発行者・小田啓之

発行所・株式会社思潮社

〒162-0842 東京都新宿区市谷砂土原町三—十五

電話〇三（三二六七）八一五三（営業）八一四一（編集）八一四二（FAX）

印刷・三報社印刷株式会社

製本・株式会社川島製本所

ISBN978-4-7837-0973-2 C0392

現代詩文庫 第I期

171 加島祥造 原満三寿／池崇一他
172 続続吉原幸子 谷川俊太郎／新川和江他
173 続粕谷栄市 横木徳久／野村喜和夫他
174 小池昌代 飯島耕一／井坂洋子他
175 征矢泰子 新川和江／新井豊美他
176 八木幹夫 小沢信男／新倉俊一他
177 続入沢康夫 野村喜和夫／田野倉康一他
178 岩佐なを 城戸朱理／矢川澄子他
179 四元康祐 栩木伸明／谷川俊太郎他
180 山本哲也 吉野弘／北川透他
181 続続辻征夫 清岡卓行／高橋源一郎他
182 友部正人 谷川俊太郎／宮沢章夫他
183 河津聖恵 新井豊美／瀬尾育生他
184 星野徹 笠井嗣夫／武子和幸他
185 山崎るり子 三浦雅士／井坂洋子他
186 続渡辺武信 松本隆／荒井晴彦
187 最匠展子 金子光晴／長谷川龍生他
188 続安藤元雄 飯島耕一／新井豊美他
189 続井坂洋子 室井光広／蜂飼耳他
190 高岡修 富岡幸一郎／北川透他
191 続伊藤比呂美 四元康祐／新井高子他
192 川上明日夫 広部英一／倉橋健一他
193 秋山基夫 片桐ユズル／福間健二他
194 日高てる 辻井喬／長谷川龍生他
195 松尾真由美 岩成達也／田野倉康一他
196 川口晴美 鈴木志郎康／野村喜和夫他
197 中本道代 北村太郎／吉田文憲他
198 倉田比羽子 北川透／瀬尾育生他

＊人名（明朝）は作品論／詩人論の筆者

1 田村隆一
2 谷川雁
3 岩田宏
4 山本太郎
5 清岡卓行
6 黒田三郎
7 黒田喜夫
8 吉本隆明
9 鮎川信夫
10 飯島耕一
11 天沢退二郎
12 吉野弘
13 長田弘
14 吉岡実
15 富岡多恵子
16 那珂太郎
17 安西均
18 長谷川龍生
19 高橋睦郎
20 茨木のり子
21 安水稔和
22 鈴木志郎康
23 生野幸吉
24 大岡信
25 関根弘
26 石原吉郎
27 谷川俊太郎
28 白石かずこ
29 堀川正美
30 岡田隆彦
31 入沢康夫
32 片桐ユズル
33 川崎洋
34 金井直
35 渡辺武信
36 安東次男
37 三好豊一郎
38 中桐雅夫
39 中江俊夫
40 高野喜久雄
41 吉増剛造
42 渋沢孝輔
43 高良留美子
44 三木卓
45 加藤郁乎
46 石垣りん
47 木原孝一
48 北川透
49 菅原克己
50 多田智満子
51 鷲巣繁男
52 寺山修司
53 木島始
54 清水昶
55 金井美恵子
56 吉原幸子
57 藤富保男
58 岩成達也
59 井上光晴
60 会田綱雄
61 北村太郎
62 窪田般彌
63 辻井喬
64 新川和江
65 吉行理恵
66 中井英夫
67 粕谷栄市
68 清水哲男
69 山本道子
70 宗左近
71 中村稔
72 粒来哲蔵
73 諏訪優
74 続飯島耕一
75 荒川洋治
76 佐々木幹郎
77 正津勉
78 辻征夫
79 安藤元雄
80 藤井貞和
81 大野新
82 犬塚堯
83 小長谷清実
84 江森國友
85 天野忠
86 嶋岡晨
87 阿部岩夫
88 関口篤
89 衣更着信
90 ねじめ正一
91 菅谷規矩雄
92 井坂洋子
93 片岡文雄
94 伊藤比呂美
95 新藤凉子
96 青木はるみ
97 中村真一郎
98 嵯峨信之
99 稲川方人
100 平出隆
101 松浦寿輝
102 朝吹亮二
103 続荒川洋治
104 続藤井貞和
105 続寺山修司
106 吉田文憲
107 瀬尾育生
108 続谷川俊太郎
109 続続谷川俊太郎
110 続田村隆一
111 続続田村隆一
112 続天沢退二郎
113 続続天沢退二郎
114 新井豊美
115 続吉増剛造
116 続続吉増剛造
117 続鮎川信夫
118 続北村太郎
119 続吉野弘
120 続石原吉郎
121 続鈴木志郎康
122 川田絢音
123 続続吉野弘
124 続北川透
125 続白石かずこ
126 続清岡卓行
127 続宗左近
128 牟礼慶子
129 続吉岡実
130 続辻井喬
131 続大岡信
132 続新川和江
133 続川崎洋
134 続清水昶
135 続高橋睦郎
136 続長谷川龍生
137 続中村稔
138 八木忠栄
139 続佐々木幹郎
140 城戸朱理
141 野村喜和夫
142 平林敏彦
143 続渋沢孝輔
144 続那珂太郎
145 財部鳥子
146 続長田弘
147 吉田加南子
148 続清水哲男
149 辻仁成
150 木坂涼
151 田中清光
152 阿部弘一
153 続続大岡信
154 続続鮎川信夫
155 続辻征夫
156 福間健二
157 守中高明
158 平田俊子
159 村上昭夫
160 広部英一
161 白石公子
162 鈴木漠
163 高橋順子
164 池井昌樹
165 続続清岡卓行
166 倉橋健一
167 高貝弘也
168 御庄博実
169 続吉原幸子
170 井川博年